AF197480

LIEBESLEUCHTEN
STRANDKORBZAUBER AUF RÜGEN

LEA HANSEN

Deutsche Erstausgabe 2023
Copyright © Emily Key / Lea Hansen 2023
Lektorat: Die Textwerkstatt - Sabrina Cremer
Korrektorat: Sandra Paczulla
Satz & Layout: Emily Key
Umschlaggestaltung: Michelle Schrenk, @canva,
Verwendete Grafiken/ Fotos:
Strandkorb Credit / Evgenia_art/ Istockphoto
Emily Key
c/o Autorenbetreuung | Caroline Minn (Impressumservice)
Kapellenstraße 3
54451 Irsch
emily@emily-key.de

Alle Rechte, einschließlich das, des vollständigen oder auszugsweisen
Nachdrucks in jeglicher Form, sind vorbehalten.

.

.

Herstellung und Druck über tolino media GmbH & Co. KG,
Albrechtstr. 14, 80636 München. Printed in Germany.
Fragen zu Produktsicherheit an: gpsr@tolino.media.

Für Hannah, Emma, Nele und Finja
Danke, für dieses Projekt

PROLOG

Ich hatte gerade die neueste Lieferung handgefertigter Weihnachtsdekoration ausgepackt und vertrieb mir die Zeit damit, den Laden in ein festliches Wunderland zu verwandeln. Kälte strömte herein, aber das machte mir nichts. Ich lächelte leicht, als ich die frische Luft riechen konnte und meine Adventskerze, die ich angezündet hatte, ihren Duft in die Straßen unseres Küstenstädtchens schickte. Wir waren mitten in der Weihnachtszeit, aber ich liebte den Advent so sehr, dass ich jedes Jahr im November und Dezember meinen Laden wöchentlich neu dekorierte. Dieses Jahr hatte ich das Glück, dass meine Auswahl an Dekoration so gut ankam, dass mein Laden ziemlich leer geplündert war. Es ließ mein Herz schneller schlagen, als ich den Karton öffnete und diese süßen schneebedeckten

Rentiere sah, die ich nachbestellt hatte. Mein Herz hing an diesen Dekorationen, und ich hoffte, sie würden auch anderen Menschen Freude bereiten. Lächelnd und den aktuellen Weihnachtssong unseres lokalen Inselsenders mitsummend griff ich nach meinem Warenpreisauszeichner. Die Glocken über der Tür meines Geschäfts *Dünenzauber Dekor* klingelten fröhlich, als die Tür aufging.

Als ein Mann den Laden betrat, bemerkte ich sofort, dass er absolut umwerfend aussah. Er war ein Tourist, aber ganz anders als die anderen. Er war weder glattrasiert, noch hielt er seine Haare zurückgegelt, wie einige der Schnösel, die dachten, sie hätte Rügen für sich gepachtet … Nein, seine Locken waren vom Wind zerzaust und die Wangen, das bisschen, das ich durch seinen Bart sehen konnte, waren gerötet. Er besaß volle rote Lippen, Augen von so einem intensiven, leuchtenden Hellbraun, dass ich dies selbst über die Entfernung sehen konnte. Er war einer der schönsten, rauen und wildesten Männer, die ich jemals gesehen hatte. Durch seine Art, sofort den Raum zu dominieren, kroch mir eine Gänsehaut über den Körper, denn es fühlte sich so an, als würde er genau hierhergehören. In meinen kunterbunten, fröhlichen, jetzt weihnachtlichen Dekoladen. Obwohl er Rockstar-Potenzial hatte. Er lief aufrecht, beinahe steif, und sein Gesicht war zu einer finsteren Miene verzogen. Der Ausdruck um seinen Mund war hart, nahezu verachtend.

»Hi«, sagte ich, schob mir eine der langen roten Haarsträhnen aus dem Gesicht und beobachtete den Kerl dabei, wie er versuchte, mit nichts im Laden in Berührung zu kommen. Nicht körperlich gesprochen. Sondern eher mit den Augen. Ich schaffte es, das Grinsen zu unterdrücken, das sich auf mein Gesicht schleichen wollte. Er bewegte sich, als würde er sich lieber die Finger verbrennen, statt hier etwas anzufassen. Der Zug um seinen Mund sah aus, als ob er eine Zitrone gegessen hätte, und er zeigte seine offensichtliche Abneigung gegenüber Weihnachtsdekoration.

In seiner Begleitung war ein wunderschöner Golden Retriever, der fröhlich mit dem Schwanz wedelte.

Ich unterbrach meine Arbeit und trat auf den Mann zu, um ihm behilflich zu sein. »Herzlich willkommen bei Dünenzauber Dekor«, begrüßte ich ihn also erneut, da er das erste Mal nicht reagiert hatte, und lächelte. »Wie kann ich Ihnen helfen?«

Der Mann seufzte leicht und zuckte mit den Schultern, bevor er antwortete. »Ich bräuchte eine Postkarte, wenn Sie die haben.« Er räusperte sich. »Bitte kein Weihnachtskitsch.«

Stumm hob ich bewusst die Braue, obwohl es in mir arbeitete.

Wie konnte jemand all die Weihnachtssachen als Kitsch bezeichnen?

Ich führte ihn zu dem Regal, auf dem wir eine Auswahl an handgemachten Postkarten hatten. Die Postkarten zeigten Rügen in all seiner Pracht, von den idyllischen Fischerdörfern bis hin zu den majestätischen Kreidefelsen. Sie waren ein kleines Stück meiner Insel, das die Menschen mit nach Hause nehmen oder verschicken konnten.

Der Mann wählte eine Postkarte aus und warf einen Blick auf die Weihnachtsdekorationen um ihn herum. »Sie haben wirklich den ganzen Laden mit Weihnachtskram vollgestopft, oder?«, bemerkte er mit einem Hauch von Sarkasmus in der Stimme.

Ich konnte den abschätzigen Unterton aus seinen Worten heraushören, aber ich ließ mich nicht entmutigen. »Ja, das haben wir«, antwortete ich stolz. »Die Weihnachtszeit ist hier in Meeresruh etwas ganz Besonderes, und wir lieben es, diesen Zauber mit unseren Gästen zu teilen.«

Der Golden Retriever, der die ganze Zeit geduldig gewartet hatte, bellte plötzlich freudig und sprang an dem Mann hoch, der sich zu ihm hinabbeugte und ihn liebevoll kraulte. Ein Lächeln huschte über sein Gesicht, und für einen Moment schien der Ärger über die Weihnachtsdekorationen vergessen. Sein Lächeln war so unglaublich einnehmend, dass es mich ansteckte und ich die Szenerie beobachtete.

Schwer schluckte ich, die Musik trat in den Hintergrund und ich stellte mich schnell hinter den kleinen Tresen aus weißem Treibholz. Ich brauchte etwas zwischen uns, anderenfalls fühlte es sich so an, als wäre ich ihm ausgeliefert.

»Sie haben da einen wunderbaren Hund«, bemerkte ich schließlich, um die Stille – übrigens etwas, das ich normalerweise sehr genoss – zu überbrücken.

Der Mann nickte. »Ja, das ist Max. Er liebt es, spazieren zu gehen, und ich dachte, ich könnte einem Freund eine Postkarte schicken, um mich bei ihm zu bedanken, weil er auf Max aufgepasst hatte.« O wow. Mit diesem persönlichen Einblick hatte ich nicht gerechnet. Ich lächelte tapfer und reichte ihm die ausgewählte Postkarte. »Das ist eine großartige Idee. Die Insel Rügen und vor allem unser wunderschönes Meeresruh ist ein Ort, den man gern mit anderen teilt, sei es durch Postkarten oder persönliche Erlebnisse. Ich hoffe, Ihr Freund freut sich darüber.« Ich tippte den Preis in meine altmodische Kasse. »Darf ich Ihnen auch eine Briefmarke dazulegen?«

Er nickte und sah so aus, als würde er sich sehr konzentrieren, damit er nicht die Krise zwischen dem Weihnachtsfunkeln und den Düften bekam.

Der fremde Mann bedankte sich und bezahlte, bevor er den Laden verließ. Ich schaute ihm nach und hoffte, dass er trotz seiner anfänglichen Abneigung gegen die Weihnachtsdekorationen zumindest ein kleines Stück von Rügens Zauber mitnehmen würde.

Vor mich hin starrend ließ ich die Begegnung noch einmal Revue passieren.

Ich hatte mich getäuscht, seine Augen waren nicht einfach nur braun.

Sie waren von einem strahlenden Hellbraun und durchzogen von grünen Sprenkeln, die mich an die Spiegelung von Lichterketten in Glas erinnerten.

KAPITEL 1

Der Arbeitstag war zu Ende, und ich saß eingekuschelt auf meinem gemütlichen Sofa zu Hause. Ich hatte meinen Weihnachtsbaum die ganze Adventszeit über aufgebaut und er leuchtete in Hunderten von kleinen Lichtern. Das Funkeln, die Kerzen auf dem Tisch und das Glas Rotwein tanzten vor meinen Augen. In meinem kleinen Fernseher lief ein kitschiger Weihnachtsfilm und obwohl ich ihn schon oft gesehen hatte, tat das meiner Liebe dazu keinen Abbruch. Es war heute windig und eiskalt draußen, aber ich hatte die Fensterläden meines kleinen Hauses hinter einer der Dünen nicht geschlossen, sondern ich wollte das vom Mond erhellte Meer sehen können. Ich liebte diesen Ausblick. Drinnen war es kuschelig warm und ich legte mir die Wärmflasche unter die Decke, auf der

Rudolph das Rentier abgebildet war. Draußen vor meinem Fenster funkelten die Sterne über Meeresruh, und der Blick auf das nächtliche Wasser war einfach magisch. Die Weihnachtsbeleuchtung, die am Nachmittag über einen Timer aktiviert wurde, tauchte mein Wohnzimmer in ein warmes, festliches Licht.

Meine Gedanken wanderten zurück zu meiner Begegnung mit dem Touristen im Laden. Der Mann mit dem wunderschönen Golden Retriever Max. Seine Augen hatten so intensiv geleuchtet, als er sich liebevoll um seinen Hund gekümmert hatte. Aber gleichzeitig hatte er diese stechende Entschlossenheit ausgestrahlt, als er die Weihnachtsdekorationen in meinem Laden als Kitsch bezeichnet hatte. Ich konnte mir nicht helfen, aber ich fragte mich, was wohl in seinem Leben passiert war, dass er Weihnachten so abgeneigt war. Vielleicht war es aber auch eine grundlose Abneigung, denn er schien es beinahe zu verachten.

Der Film flimmerte weiter über den Fernseher, während meine Gedanken völlig abschweiften. Was für ein Leben war das, in dem man Weihnachten nicht liebte? Ja, ich verstand, dass manche diesen Weihnachtstrubel nicht wollten, weil man die Feiertage auch mit Geschenken verband, aber das war doch kein Muss. Wenn man sich gegenseitig nichts schenkte, dann war das doch auch in Ordnung. Viel wichtiger war es doch, dass man sich Zeit schenkte. Liebe. Vertrauen. Dass man sich füreinander interessierte.

Wenn es um einen Freund von mir gegangen wäre, der Weihnachten nicht mehr liebte, hätte ich sicherlich alles daran gesetzt, um ihm diese Liebe zurückzugeben. Es ging um die gemeinsamen Momente, das Miteinander und die Wärme, die diese Jahreszeit ausmachten.

E ine Idee kam mir in den Sinn. Doch das war verrückt. Das war wirklich so was von verrückt. Ich kannte diesen Mann nicht. Ich wusste ja nicht einmal, wie lange er in Meeresruh bleiben würde, oder was er hier genau wollte. Von seinem Leben hatte ich absolut keine Ahnung, ob etwas passiert war, das ihn so abweisend stimmte. Und es ging mich auch nichts an.

Nachdenklich zog ich die Beine an, sah den beiden Protagonisten im Fernsehen dabei zu, wie sie zum Schneeschuhwandern aufbrachen.

Der verrückte Gedanke festigte sich.

Was, wenn ich es probieren sollte? Was wenn ich versuchen sollte, dass sich dieser Kerl, und ich wusste ja nicht einmal, wie er hieß, wieder am Zauber von Weihnachten erfreuen konnte? Was, wenn ich eine Art Weihnachts-Bucket-List erstellen würde? Eine

Liste mit verschiedenen Aktivitäten, die man in der Adventszeit machen konnte, um die Liebe zu Weihnachten wiederzuentdecken? Vielleicht könnte ich sie Max' Besitzer überreichen und hoffen, dass er die Magie von Weihnachten wiederfinden würde. Für einen Freund würde ich das tun. Ohne mit der Wimper zu zucken. Weil ich wusste, dass es schwer war, wenn man verloren umherirrte. Nach dem Tod meiner Eltern war es mir genauso ergangen. Ich war allein und einsam gewesen. Und bei mir war es aber, dass es die Weihnachtszeit gewesen war, die mich aus meinem Loch, aus diesem Tief ziehen konnte … Es war der pure Gedanke an die Weihnachtszeit. Dem Fest selbst maß ich nicht so viel Bedeutung bei, aber der Zeit davor. Die Vorfreude. Das Glitzern. Dieser Zauber …

Meinem Impuls folgend, griff ich nach meinem Notizbuch und einem Stift und begann, Ideen aufzuschreiben. »Weihnachtsmarktbesuch« war das Erste, das mir einfiel. Dann folgten »Plätzchen backen«, »Geschichten am Lagerfeuer teilen« und »Geschenke für Bedürftige spenden«. Die Liste wuchs, und ich konnte die Vorfreude auf all diese Aktivitäten spüren.

Die Gedanken an Max' Besitzer und die Idee meiner Weihnachts-Bucket-List ließen mich mit einem warmen Gefühl im Herzen zurück. Mein Herzschlag beschleunigte sich, als ich mich schließlich zufrieden in die Kissen kuschelte und überlegte, wie ich ihn morgen wiedersehen konnte. Ich hoffte, dass meine Ideen in der Lage wären, die verlorene Weihnachtsliebe wiederzufinden, genauso wie ich sie in jeder Ecke meines gemütlichen Zuhauses fand. Ganz sicher hatte das nichts damit zu tun, dass er umwerfend gut aussah und ihn eine geheimnisvolle Aura umgab, die mich neugierig machte.

Nein, nein, ganz sicher nicht.

KAPITEL 2

Die kühle Brise der Promenade in unserem Örtchen ließ mein Haar sanft im Wind flattern, als ich nach einer unruhigen Nacht und einem noch turbulenteren Tag, an dem ich immer wieder gewisse Augen vor mir sah, in meinem warmen Mantel den Weg entlangschlenderte. Meine Atemwölkchen tanzten vor meinen Augen und im Laufen grüßte ich Annchen und Doortje, die nach ihrem alltäglichen Besuch im Café nun nach Hause schlenderten. Nachdem ich wieder meine Gedanken für mich hatte, fragte ich mich, wie ich ihn wohl erreichen konnte und beschloss, Mut zu beweisen und ihn in einem der wenigen Hotels in unserem kleinen Küstenstädtchen zu suchen. Charlotte, meine beste Freundin und Bedienung in der

Strandbar 43, konnte auch nichts mit meiner Beschreibung über den Mann anfangen und hielt mich für völlig übergeschnappt. Aber wir kannten uns schon unser Leben lang und sie wusste, wenn ich mir etwas in den Kopf gesetzt hatte, dass ich es durchziehen würde. Die Lichter der Stadt spiegelten sich im glitzernden Wasser der Ostsee und der Mond stand bereits hoch am Himmel. Ein malerischer Abend, wie geschaffen für einen romantischen Spaziergang. Man musste das doch lieben, oder? Es schneite und auch wenn es niemals liegen bleiben würde und den Kindern somit der Spaß im Schnee verwehrt blieb, war es magisch.

Ich war in Gedanken versunken, als ich plötzlich einen Mann bemerkte, der in einen schwarzen, knielangen Mantel gehüllt war und einen grauen Schal trug. Mein Herz flatterte und ich wusste, dass er nicht irgendjemand war.

Allerdings fragte ich mich, wie ein Mann, den ich gestern das erste Mal gesehen hatte, solche Emotionen in mir auslösen konnte. Und das nur über die Entfernung? Ich lächelte und zog meine Mütze etwas weiter in die Stirn. Das war eben der Zauber dieser speziellen Jahreszeit, dass er als Fremder solche Gefühle in mir auszulösen vermag, ganz klar. Ich sah erneut zu ihm herüber. Er kam mir etwas größer vor als gestern, aber ich war nervös und davon abgelenkt gewesen, dass er den Laden so verachtend angesehen hatte. Ich ging ein paar Schritte näher auf ihn zu und tatsächlich war es der Tourist, den ich in meinem Dekorationsladen getroffen hatte. Seine stechenden Augen erkannte ich sofort, und sein treuer Begleiter Max war ebenfalls dabei und wedelte fröhlich mit dem Schwanz. Er kam auf mich zugerannt und bellte. Jetzt wurde auch der unbekannte Mann auf mich aufmerksam und kam langsam herüber.

»Die Dekorationsfrau, richtig?« Er lächelte charmant.

»Richtig. Die Frau, die Weihnachten liebt.« Sein Grinsen fiel in sich zusammen. »Eva Jansen.«

»Greg«, sagte er mürrisch, fuhr sich dann durch sein Haar. »Also eigentlich Gregory.« Ein tiefes ›Mähhh‹ erklang und riss uns kurz aus der Starre.

Ich lachte. »Und das ist Rudolph!« Fragend hob er die Augenbrauen. »Eine Art Meeresruh-Maskottchen.« Ich strich mir eine meiner Haarsträhnen zurück. »Gregory. Das klingt …«

»Schottisch!«, vollendete er meinen Satz und ich nickte, um ihm zu zeigen, dass ich verstanden hatte.

Ohne ein weiteres Wort setzten wir uns beide in Bewegung. Wir liefen nebeneinander her, genossen die Stille und die Ruhe. Man hörte hier leise die Wellen rauschen. Meine Heimat. Die Stille zwischen uns war fast greifbar, und ich konnte die Entschlossenheit in seiner Haltung spüren. Der Strandkorbzauber, ein riesiger Teil von Weihnachten von uns Bewohnern und ein Event, das er vermutlich verabscheute, war heute geschlossen, aber die festliche Atmosphäre der Stadt, mit den Lichterketten und Tannengirlanden war immer zu spüren. Als wir den offiziellen Eingang passierten, obwohl man von allen Seiten dazu kommen konnte, hörte ich ihn stöhnen. Es klang wie ein Ächzen. Eine Art Qual, die ihn verfolgte. Und das durfte ich feststellen, obwohl ich ihn nicht kannte. Nur seinen Namen und dass seine Wurzeln offenbar schottisch waren.

Nachdem wir das Café passiert hatten, blieb ich stehen. Was war das denn, dass wir hier stumm nebeneinander herliefen? Mehr als ›Nein‹ sagen konnte er nicht, richtig? Ich konnte es also nicht lassen, die Spannung zu durchbrechen. »Weißt du,« begann ich zögerlich, »ich bin mir sicher, dass ich dich dazu bringen kann, Weihnachten wieder zu mögen.«

Autsch.

Der Zug um seinen schönen Mund wurde hart. Seine Stirn legte sich in Falten.

Zusätzlich ging ein kaum merklicher Ruck durch ihn hindurch und ehe er antwortete, pfiff er Max zu sich, der etwas weiter vorgelaufen war, und streichelte sein weich aussehendes Fell. Der Hund war wunderschön und die Farbe seines Fells passte perfekt zur Augenfarbe von Greg. Er schaute mich skeptisch an und lachte sarkastisch. »Du hast keine Ahnung,« sagte er leise. So würde ich nicht weiterkommen. So würde er niemals Ja sagen und es würde nicht klappen, dass er überhaupt versuchen würde, Weihnachten zu genießen.

Eine Idee kam mir in den Sinn, und ich konnte ein Funkeln in meinen Augen nicht unterdrücken. »Was hältst du von einer Wette?«, schlug ich schneller vor, als ich denken konnte. *Was?* »Wenn ich es schaffe, dass du Weihnachten wieder liebst, dann darf ich mir etwas wünschen, das ich schon immer tun wollte. Und wenn du gewinnst, dann …« Ich brach ab. Das war ja super durchdacht, Eva. Wenn ich also gewann, dann gab es einen Einsatz. Nur wenn er gewann, dann … »Nun, also …«, stammelte ich herum, sah mich hektisch um, denn ich wusste auch, dass ich nur diese eine Chance hatte, ihn zu überzeugen. Ich war verrückt. Ich wollte einen völlig Fremden überzeugen und überreden, dass er mit mir dieses Experiment durchführte.

Er verzog das Gesicht und brummte vor sich hin. Ich konnte sehen, dass er nicht gerade begeistert von der Idee war, aber seine Neugier war geweckt. »Ja? Dann bekomme ich was?« Er lächelte leicht, aber es sah eher so aus, als würde er mich gerne zum Schweigen bringen wollen.

»Daran müssen wir noch arbeiten. Ich kenne dich ja gar nicht!«, brachte ich also mit mehr Selbstbewusstsein in der Stimme hervor, als ich wirklich empfand. »Wir könnten das gemeinsam überlegen.« *Jetzt wird es lächerlich, Süße.* Mein Innerstes stand kopf.

»Du glaubst also wirklich, dass du das schaffen kannst? Du weißt doch gar nicht, ob es einen Grund gibt, wieso ich Weihnachten nicht mag.«

»Sieh dich doch nur hier um.« Ich warf den Blick nach oben auf die Lichter, die die Innenstadt erhellten, auch wenn heute kein Markt war. »Es ist doch magisch?!«

»Mhm«, brummte er zustimmend und ich verdrehte die Augen, denn er war wirklich der Grinch.

»Selbst den Grinch konnte man bekehren.« Optimistisch lächelte ich ihn an. Er streichelte immer noch Max. Die Aura, die Greg umgab, hüllte mich ein und vermittelte mir Sicherheit. Ein wohliges Gefühl, so wärmend wie ein Lagerfeuer im Winter, wanderte durch meinen Körper bis in jeden kleinsten Winkel. Ich nickte entschlossen. »Ja, ich glaube daran, dass die Magie von Weihnachten für jeden zugänglich ist, wenn er nur die Chance zulässt, sie zu erleben.«

Langsam setzten wir uns wieder in Bewegung. Greg war still, schien zu überlegen.

»Ein Date!«

»Bitte?«

»Wenn es nicht klappt, dann will ich ein Date.«

»Das ist …«

Er unterbrach mich. »Genauso unspezifisch wie dein ›Etwas, das ich mir schon immer wünsche‹.«

»Ich weiß, aber glaub mir, das wird nichts Großes sein.«

»Wir sollten das trotzdem genauer festlegen.« Ich spürte seinen glühend heißen Blick auf mir. Wenn ich es nicht besser gewusst hätte, würde ich schwören, er streichelte mich damit. Sanft wanderte sein Blick über meine eingemummelte Gestalt. »Was wünschst du dir, Eva?« Seine Stimme war nicht mehr als ein Flüstern. Nicht mehr als ein Hauch. Aus dem Nichts traf mich sein Geruch und haute mich von den Füßen. Bildlich gesprochen natürlich.

Wir bogen um die Ecke und trafen auf Gunnar Karstensen, dem die einzige Pension gehörte, in der er untergebracht sein musste. Gunnar begrüßte uns freundlich und schien erfreut über unser unerwartetes Treffen.

»Na, Eva?«, fragte er mich. »Freust du dich aufs Wochenende, wenn die Türen des Strandkorbzaubers wieder aufgehen?«

»Natürlich, Gunnar, du weißt doch …«

»Weihnachten ist die schönste Zeit!«, brachte er lachend hervor und ich nickte, stimmte in sein Lachen ein. Gregory sah so aus, als müsste er sich gleich übergeben. Ich sprach noch kurz mit Gunnar, und er ließ mich wissen, dass er noch einmal ein wenig Deko aufstocken wollte und morgen bei mir vorbeischauen würde. Ich winkte leicht und freute mich auf die Begegnung. Gunnar war ein spezieller Mensch und kochte immer sein eigenes Süppchen, aber er war auch wahnsinnig freundlich und zuvorkommend.

Nachdem wir wieder allein waren, lief Max ein paar Schritte von uns weg und schnüffelte am Bürgersteig entlang.

»Also?«, griff ich unser Gespräch wieder auf. »Was sagst du dazu?« Er strich sich eine seiner dunklen Locken zurück und diese normale, aber auf mich sinnlich wirkende Bewegung lenkte mich kurz ab. »Ein Date. Ein echtes. Kein Tee auf einem Weihnachtsmarkt.«

»Man trinkt … dort Glühwein«, stammelte ich und wünschte mir, dass seine Hand mir auch eine Haarsträhne aus dem Gesicht streichen würde. Tief räusperte ich mich. Das, was ich gerade für einen völlig Fremden empfand, hatte ich schon lange Zeit nicht mehr gespürt. Nicht, seit Jakob die Insel verlassen und mich ohne mit der Wimper zu zucken gegen eine 1,80 große Blondine eingetauscht hatte.

»Ich–«

»Ein Date.«

»Ein Date.« Nickend sah ich ihm fest in die

braungrünen Augen, von denen ich ahnte, dass sie womöglich mein Untergang waren. »Eins.«

»Und das, was auch immer du dir wünschst.«

»Und das, was auch immer ich mir wünsche.« War ich ein Papagei? Schneeflocken rieselten lautlos vom Himmel und das riss mich aus meiner Schockstarre. »Es schneit.«

»Sieht ganz danach aus.« Grummelnd legte er den Kopf in den Nacken und sah in den Himmel. »Mir bleibt auch nichts erspart.«

»Das ist ein Zeichen. Nimm die Herausforderung an!«

»Wenn du meinst …«

»Vertrau mir!« Lachend griff ich nach seiner Hand und zog ihn weiter. »Komm mit, das ist das perfekte Wetter für Punkt eins der Weihnachts-Bucket-List.«

»Ich werde aber nicht sterben.«

»Gott bewahre!«

»Eine Bucket-List beinhaltet doch irgendwie, dass man sterben wird, oder?«

»Nicht in meiner Welt. In meiner Welt ist das eine Liste von Dingen, die man tun sollte, ehe man Weihnachten abschreibt.«

»So klingt es freundlicher.«

Schließlich stimmte er zu, meine Herausforderung anzunehmen. Wir liefen in Richtung meines Hauses.

»Und du bist aus Schottland?« Ich betrieb Small Talk, damit es nicht so still war zwischen uns.

»Genau.«

»Und woher genau?«

»Ich bin aus einer kleinen Stadt, nah an Glasgow. Kennt man eigentlich nicht.«

»Wie kommt es, dass du so gut Deutsch sprichst?«

»Ich habe in München studiert.« Nun schob er die Hände tiefer in die Taschen seines dunkelgrauen Wollmantels. Die Flocken, die vom Himmel fielen, wurden stärker und größer. Ich lächelte. Das war mein Lieblingswetter. »Sprachen.«

»Du hast Sprachen studiert?«

»Ja, ich arbeite nur nicht in dem Bereich.«

»Okay, wow. Das erklärt alles.«

»So?« Er zog die Nase hoch und grinste mich schief an. »Erklärt das alles?«

Ich spürte, wie ich rot wurde. »Nun, zumindest einiges.«

»Und du?«, erkundigte er sich nun nach mir.

»Ich lebe schon immer hier in Meeresruh. Meine Eltern sind lange tot und ich wollte bereits mein Leben lang Dekorateurin werden.«

»Du scheinst hier beliebt zu sein.«

Ich lachte auf. »Das machst du woran fest?«

Wir hatten gerade einmal Gunnar getroffen und unsere andere Begegnung war im Laden gewesen, als niemand dabei gewesen war.

»Dass du hier ständig Thema bist.«

»Sag mal, wie lange bist du denn schon in der Stadt?«

»Eine Woche?« Er überlegte. »Fast zwei«, sagte er und Max kam uns hinterher und lief nun wieder neben Gregory. »Eigentlich wollte ich mich hier ganz in Ruhe meiner Weihnachtsmuffelei hingeben.«

»Verrätst du mir, wieso du Weihnachten nicht magst?«, fragte ich direkt nach. Jetzt oder wie. Er musste ja mal was dazu sagen. Wir bogen in die Straße, in der mein Haus stand. Die bunten Lichter, die meine Nachbarn an den Tannen und im Garten angebracht hatten, erhellten den Weg deutlich. Aber selbst die Laternen hätten dafür ausgereicht.

»Das … wird noch eine Weile mein Geheimnis bleiben.«

»Okay, damit komme ich klar. Solange du es mir vielleicht irgendwann verrätst.« Wir liefen den schmalen Weg zu meiner Haustür entlang. Drinnen war alles beleuchtet und sah so aus, als wäre ich bereits zu Hause. Gregory blieb grinsend stehen und schüttelte den Kopf. »Echt jetzt?«

»Was?« Entschuldigend zuckte ich die Schultern. »Ich mag Weihnachten eben.«

»Das kann ich sehen.«

»Du wirst es auch gleich mögen, sobald du den Duft meiner Vanillekipferl riechst. Glaub mir.« Wir betraten mein Haus und er hängte seinen Mantel an einen der freien Haken an der Garderobe und Max legte sich auf den weichen Teppich in meinem Gang. Für mich war das in Ordnung.

»Nett hier!«, brachte er höflich hervor, nachdem wir die Küche und den Wohnbereich betreten hatten. »Sehr …«

»Geschmückt?«, schlug ich breit grinsend vor und er nickte. »Möchtest du etwas trinken?«

»Gehört das nicht zum Weihnachtsexperiment?«

Ich stellte das Radio an, wie immer, wenn ich nach Hause kam. Das war meine Verbindung zur Außenwelt. Ich lebte hier ja allein.

»Ahhh, gute Idee!«, setzte ich hinzu und hob den Zeigefinger. »Es gibt Glühwein!«

»Na dann, ich würde gern Glühwein trinken!« Wir lachen beide und er stellte sich hinter meine beigefarbene Couch aus Cordstoff, um die Aussicht, auch wenn es gerade dunkel war, aus dem Fenster zu genießen. »Das muss bei Tageslicht eine unglaubliche Aussicht sein, oder?«

»Ja«, stimmte ich ihm zu. »Das ist es. Ich liebe den Blick auf das Meer.«

»Er erdet.«

Erstaunt sah ich ihn an und vergaß, dass ich ihm die Tasse mit der roten Flüssigkeit in meiner Hand geben musste. Sanft nahm er sie mir aus der Hand. Noch nie hatte jemand den Blick auf das Meer genauso beschrieben wie ich – und ich traf wirklich eine Menge Leute. Ich unterhielt mich mit vielen Menschen, aber das war noch nie vorgekommen. Unsere Blicke verfingen sich. Es entstand eine Art unsichtbares Band, das sich fest und stark ineinander verwob. Während Gregory in meine Augen sah, blickte ich in seine. Bis auf die Seele.

Diese arme traurige Seele, die er versuchte, vor allen zu verbergen. Ja, ich kannte ihn nicht und er kannte mich nicht … Aber ich wusste, ahnte, dass er nicht nur eine hübsche Hülle war, die Sprachen mochte und in Deutschland studiert hatte. Ich ahnte, dass er Narben und Verletzungen hatte, Schmerz und viele Geheimnisse.

»Alles okay?«, flüsterte er und berührte mich am Arm. Wie in Trance löste ich den Blick von ihm und legte ihn auf seine großen, langen Finger, die mich an meinem weißen, dünnen Pullover berührten. Die Hitze, die von seiner Haut ausging, brannte sich in mich und wärmte mich von innen wie ein prasselndes Kaminfeuer.

Schließlich nickte ich langsam. »Ja, alles okay. Es hat nur noch nie jemand den Blick auf das Meer so beschrieben wie du gerade.« Greg sah mir uner-gründlich in die Augen. Kaum merklich hob er den Kopf, stand wieder aristokratisch gerade und sah nach draußen.

»Es ist schade, dass nicht mehr Menschen das

Erden empfinden können, wenn sie die Wellen beobachten.«

»Das ist es.« Ich wandte mich um und ging hinüber in meine offene Wohnküche. Das Haus hatte ich vor ein paar Jahren entsprechend umbauen lassen. »Komm, wir backen jetzt Plätzchen. Meine Aufgabe ist nämlich, dass ich dem Grinch Weihnachten näherbringe.«

»Dem Grinch?« Er hob eine Braue und sah mich so umwerfend an, dass mein Herz flatterte. »Ist das nicht ein mies gelauntes, kleines grünes Ding?«

»Ja«, lenkte ich grinsend ein. »Aber er ist süß dabei.«

»Wenn das so ist …«

Max trabte nun aus dem Gang zu uns und legte sich in eine Ecke meiner Küche und begann beinahe zeitgleich zu schnarchen.

Während Gregory und ich die kleinen Halbmonde formten, unterhielten wir uns über alles Mögliche. Seine Zeit in München und wieso er dort weg ist. Ich fragte ihn nach seiner Familie, doch er wich mir aus. Aber das machte nichts, denn ich tat das auch, wenn jemand über meine Familie sprechen wollte. Das war in Ordnung.

Wir tranken Glühwein, bis die Flasche leer und der komplette Teig verarbeitet war. Vielleicht täuschte ich mich, weil ich Greg ja nicht wirklich kannte, aber er sah so aus, als hätte er Spaß und würde es mögen. Ich fragte ihn nach einer Weihnachtserinnerung und er wich mir erneut aus. Also nannte ich ihm zwei und er lachte, weil er es unglaublich fand, dass ich in dem einen Jahr, als ich eine imaginäre Freundin hatte, meine Eltern so lange bearbeitet hatte, bis sie »Louisa« auch ein Weihnachtsgeschenk kauften. Natürlich wussten sie, dass ich vorgetäuscht hatte, um die Pakete abzustauben. Er grinste, als ich ihm erzählte, wie Gunnar, denn er schlief wirklich in seiner Pension, in einem Jahr seinen Weihnachtsbaum hatte abfackeln lassen, weil er zu viel heißen Grog getrunken hatte und jedes Jahr die echten Weihnachtskerzen buchstäblich bis auf den Boden herunterbrennen ließ. Alles war gut gegangen, darum konnte man jetzt lachen. Greg erzählte mir, dass er die letzten zwei Weihnachten lesend verbracht hatte, und das immer in einer anderen Stadt auf einer anderen Insel tat. Dieses Jahr war eben Rügen dran. Ich scherzte, dass er anscheinend noch nie mit echter Magie in Berührung gekommen war, wenn er bisher dem Zauber von Weihnachten nicht erlegen war.

Alles in allem war es ein sehr gelungener Abend. Wir hatten Spaß zusammen und wir lernten uns kennen. Er war für mich wie ein Buch mit sieben Siegeln, aber das machte nichts. Auch der verschlüsselteste Code konnte geknackt werden, wenn man dranblieb.

Nachdem Max und Greg sich verabschiedet

hatten, sah ich den beiden hinterher, bis sie die Straße runtergelaufen waren. Ich freute mich auf morgen, wenn ich ihn wiedersehen durfte. Dann würden wir nämlich ein paar Menschen mit unseren Plätzchen glücklich machen, auch wenn er es noch nicht wusste.

Die Liste erweiterte ich um einen Punkt: Dass wir in die Buchhandlung *Erlesen* meiner Bekannten Annrike gehen würden, damit er mich beraten konnte, welche Bücher lesenswert waren. Klar las ich den ein oder anderen cozy Liebesroman, aber generell war meine Zeit leider zu knapp bemessen. Gregory schwärmte, wenn er von einem Buch erzählte, das ihn begeistert hatte. Wie seine Augen leuchteten … O nein, es führte kein Weg daran vorbei. Wie ich diesen Punkt mit der Bucket-List verflechten sollte, wusste ich noch nicht, aber mir würde schon etwas einfallen.

Der Abend war voller Überraschungen und Gespräche gewesen, die die Mauern zwischen uns ein Stückchen weiter abbauten. Trotz seiner anfänglichen Grummeligkeit hatte ich das Gefühl, dass es noch viel mehr hinter diesem geheimnisvollen Mann gab, als ich zunächst angenommen hatte. Und ich war fest entschlossen, die Herausforderung anzunehmen, sein Herz für die Magie von Weihnachten wieder zu öffnen.

Zwischen uns beiden herrschte eine Verbindung, die ich nicht in Worte fassen konnte, die ich nicht einmal beschreiben konnte. Alles, was mir möglich war, war, dass ich sie fühlte.

Bis in die kleinste Haarspitze.

Bis in jeden Winkel.

Und sie ließ mich lächeln.

KAPITEL 3

Die kalte Luft im Dezember und die Sonne hing tief am Himmel, als ich meinen Laden *Dünenzauber Dekor* früher schloss als gewöhnlich. Heute war ein besonderer Tag. Gregory hatte zugestimmt, mich bei einer unserer Wett-Herausforderungen zu begleiten, und ich konnte es kaum erwarten, ihm eine andere, wunderschöne Seite von Weihnachten zu zeigen. Heute Vormittag war er auf seiner morgendlichen Runde mit Max und auf dem Weg in die Buchhandlung hier vorbeigekommen. Er hatte mir sogar Kaffee mitgebracht, was ich wirklich süß fand, auch wenn er absolut keine Ahnung hatte, wie ich ihn trank. Das war auch der Grund, wieso er mit Taschen gefüllt mit Zucker, Stevia und Süßstoff und einem Päckchen Milch, einer Tüte Kaffeeweißer und einer kleinen Dose

Kondensmilch hier aufgetaucht war. Er sah sich in meinem Laden um, das Gesicht nach wie vor verzogen, aber hey, auch wenn ich ihn nicht in einer Nacht bekehrt hatte ... Rom wurde auch nicht an einem Tag erbaut, richtig?

Als ich meine Tasche neu schulterte und in der anderen Hand einen großen Beutel mit Plätzchen trug, bemerkte ich, wie sehr ich mich auf das Treffen freute. Ich würde Gregory aus der Pension abholen, in der er während seines Aufenthalts in Meeresruh übernachtete.

Er trug seinen unverkennbaren dunklen Mantel und den grauen Schal, der ihm so gut stand. Max wedelte fröhlich mit dem Schwanz, als er mich sah, und ich konnte nicht anders, als zu schmunzeln. Es war wirklich kaum vorstellbar, dass die beiden Weihnachten gar nicht ausstehen konnten. Na gut, Max sagte nicht viel dazu. Er kam allerdings sofort auf mich zu, schnupperte und ließ sich von mir streicheln.

»Hi!«, sagte ich und lächelte Gregory an. Er erwiderte es strahlend. Anders, als die letzten Male. Ich wusste doch, dass wir gestern Abend Fortschritte gemacht hatten. »Wie gehts euch?«

»Sehr gut. Wir waren vorhin drei Stunden am Strand spazieren.« Er trat neben mich auf den Bürgersteig.

»Das war doch sicher irgendwann richtig heftig kalt!«

»Das war es, aber Gunnar hat auch Zimmer mit Badewanne.« Er zwinkerte mir zu und ich lachte laut auf. Die Vorstellung, dass der süße Greg mit einem Buch in der Wanne lag und sich aufwärmte … trocknete meinen Mund aus und ließ mein Herz schneller schlagen.

»Was machen wir heute?«, fragte er und korrigierte sich selbst. »Ah, das Altenheim, richtig?«

Ich nickte. »Du wirst es mögen.«

»Du scheinst mich ja gut zu kennen.«

»Sagen wir so: Ich hoffe, dass du es magst.«

Ich besuchte die Menschen im Altenheim hin und wieder und jedes einzelne Mal hatte ich dort eine wirklich tolle Zeit. Die meisten dort hatten niemanden, der sie besuchte oder eine Partie Karten mit ihnen spielte.

»Also, Eva«, begann er, während wir die Hauptstraße hinunterliefen, »schließt du deinen Laden öfter früher?«

»Nein. Praktisch nie.«

»Aber heute schon?«

»Heute habe ich eine Mission.« Ich flüsterte die Worte und tat so, als würde ich ihm ein Geheimnis anvertrauen.

»Aha.« Er spielte mit.

»Spiel das nicht runter!« Ich stieß ihn sanft in die Seite und da er sich nicht einmal einen Millimeter bewegte, kam mir der Gedanke, dass Gregory ein Fels in der Brandung wäre. Jemand zum Anlehnen. Auf den ich mich verlassen konnte. Zuneigung wuchs in mir und schnell drängte ich sie zurück. Nach Jakob hatte ich mir geschworen, dass ich niemals wieder auch nur einen Menschen an mich heranlassen würde. Zumindest nicht so nah, dass ich so viele Schmerzen erleiden musste.

»Hast du dir jetzt eigentlich schon was überlegt?«

»Was meinst du?« Ich legte die Stirn in Falten.

»Ich meine deinen Wunsch. Wir wetten und solltest du gewinnen, zwingst du mich vielleicht, haufenweise Weihnachtsgeschenke zu kaufen!« Er lachte bei seinen Worten.

»Hey!«, warf ich ein. »Ich war sieben.« Erneut stieß ich ihn in die Seite, als wäre ich ein Teenager, der sich ihm nähern wollte. »Aber schön zu wissen, dass es dir wichtig ist.«

»Natürlich.«

»Das bedeutet nämlich im Umkehrschluss, dass dir klar ist, dass ich gewinne.«

»Niemals!«, merkte er kopfschüttelnd an. »Das würde mich sehr wundern.«

Wir kamen vor dem Altenheim an und ich beugte mich zu ihm. Sein unvergleichlicher Geruch nach Mann, Leder und Sandelholz drang tief in meine Nase. »Ich verrate dir was, Gregory«, wisperte ich und erkannte aus den Augenwinkeln, dass sich seine Lippen einen Spalt öffneten. »Wunder geschehen zur

Weihnachtszeit immer wieder.« Fröhlich darüber, dass er sich mir so verraten hatte, liefen wir die Stufen nach oben in das Heim, damit ich wie jedes Jahr bei der Verteilung von Plätzchen und Spielen helfen konnte. Es war eine Möglichkeit für die Bewohner, sich auf das Weihnachtsfest zu freuen und ein wenig Zeit in Gesellschaft zu verbringen. Der irritierte Gregory kam mir langsam hinterher und als wir das Haus betraten, wurden wir warm und herzlich von den Bewohnern empfangen. Ihre Gesichter hellten sich auf, als sie Max sahen, der begeistert Streicheleinheiten entgegennahm. Gregory und ich verteilten Plätzchen, Kaffee und Tee, und ich konnte die Dankbarkeit in den Augen der Senioren sehen. Hin und wieder beobachtete ich Greg verstohlen, der anscheinend genoss, was er hier tat. Natürlich hatte ich auch das Altenheim Ende November weihnachtlich geschmückt, denn laut den Inhabern – und leider stand auch hinter einem Altenheim ein Unternehmen – war dafür nicht genug Geld vorhanden gewesen. Also stellte ich gratis einige Weihnachtsartikel hier auf, damit sich der Weihnachtszauber in den Augen der älteren Menschen widerspiegelte.

Nachdem wir die Leckereien vollends verteilt hatten, setzten wir uns zu einigen Bewohnern, die gerade eine Partie Backgammon spielten. Unsere Social-Media-Fee Annchen, die wirklich ihr komplettes Leben im Internet teilte, war ebenfalls anwesend und schoss Fotos als Erinnerung für die Bewohner. Gregory bat darum, mitspielen zu dürfen. Er war ein geschickter Spieler, doch die älteren Herrschaften stellten sich als würdige Gegner heraus. Immer wenn ich ihn kurz betrachtete, merkte ich, wie er sich in mein Herz stahl. Er nahm es ein, was vollkommen verrückt war, denn ich wusste so gut wie nichts über diesen Mann. Aber ich konnte es nicht leugnen.

Schwer schluckend, weil ich mit dieser Art von Gefühlen viele Jahre nicht mehr konfrontiert worden war, seilte ich mich ab und half in der Küche, die Spülmaschine mit dem dreckigen Geschirr zu füllen und die Tassen einzusammeln, aus denen Tee und Kaffee getrunken worden war. Es gab noch einige Reste Marzipanstollen, die Magda uns einpackte mit dem Kommentar, dass der Stollen Gregory ja sehr gut geschmeckt hatte. Ich nickte und steckte das kleine Paket in meine Handtasche.

Was war das hier? Ich beobachtete die Szenerie, wie er ehrlich lachte, wie er Spaß hatte und wie er es schaffte, dass diese Menschen hier für ein paar Stunden ihre Krankheiten vergessen oder einfach das Alter hinter sich lassen konnten. Er plauderte mir jedem und nahm es grinsend hin, als ihn eine Dame, die erst letztes Jahr aus dem Festland hierhergekommen war, um ihren Lebensabend am Meer zu verbringen, ihn seinen Enkel nannte und seltsame

Dinge erzählte. Er war »ihr Junge« und Greg war viel zu höflich und freundlich, um sie zu korrigieren. Es wurde viel gelacht und geplaudert, und ich spürte, wie die Atmosphäre sich mit jeder Minute erwärmte.

Besonders Gregory schien in seinem Element zu sein, als er Geschichten aus seinem Leben erzählte und den Bewohnern, als sie ihre Storys zum Besten gaben, zuhörte. Die stechenden Augen, die ich bei unserer ersten Begegnung gesehen hatte, hatten sich in freundliche, lebendige Augen verwandelt. Gefüllt von Zuneigung.

Als der Abend schließlich näher rückte und es Zeit wurde, zu gehen, standen wir auf und verabschiedeten uns von unseren Freunden im Altenheim. Die Dankbarkeit und Freude, die wir erlebt hatten, brachte uns beide dazu, zu schweigen, während wir nebeneinander herliefen. Wir schlugen den Weg in Richtung meines Ladens ein und von dort aus schließlich weiter zu mir nach Hause.

»Das war ein schöner Nachmittag!«, meinte Greg schließlich ruhig, die Hände tief in den Taschen vergraben. »Ich hatte wirklich Spaß.«

»Ich auch«, gab ich plötzlich schüchtern zu. »Es macht mich glücklich, zu sehen, wie sie sich freuen.«

Unsere Oberarme berührten sich beim Laufen auf dem Weg zu meinem Haus. Er hatte nicht ausgesprochen, dass er mich nach Hause bringen würde, aber allein, dass es für ihn eine Selbstverständlichkeit zu sein schien, berührte mich unglaublich. Schließlich brach ich das Schweigen. Trotz klirrender Kälte schneite es heute nicht. »Ich hoffe, du hast gemerkt, dass Weihnachten mehr als nur Dekorationen und Geschenke ist.«

Er nickte nachdenklich, beobachtete Max, der einige Meter vor uns lief und an etwas schnüffelte. »Ja, das habe ich. Danke, dass du mir eine andere Perspektive gezeigt hast.«

»Gern geschehen!«, sagte ich und lächelte.

Unsere Beziehung vertiefte sich mit jedem gemeinsamen Abenteuer, und ich konnte nicht umhin, die Wand, die er um sein Herz gelegt hatte, ein wenig weiter bröckeln zu sehen. Es war eine wunderbare Erfahrung, die Magie von Weihnachten mit Gregory zu teilen und ihm zu zeigen, dass es mehr gab, als er jemals gedacht hatte. Auch wenn er es vielleicht nicht so wahrnahm.

Als wir vor meinem Haus ankamen, war ich versucht, ihn zu fragen, ob er noch auf einen Kaffee mit reinkommen wollte, aber ich ließ es sein. Es hatte nichts mit ihm zu tun, sondern nur mit mir.

Weil ich *mir* nicht traute.

KAPITEL 4

Ich lächelte vor mich hin und fühlte diese wunderbare, vertraute Ruhe in mir. Das Wundervolle an meinem Leben war, dass ich genau hier sein durfte.

Diese Weiten, diese Düfte, dieses Rauschen der Wellen, die manchmal sanft, manchmal etwas stürmischer an den Strand gespült wurden. Der kühle Sand unter meinen nackten Füßen, Zehen, die ich hineinbohrte und jedes Mal aufs Neue erstaunt war, dass die Hitze nicht tiefer ging. Ich fragte mich, was wohl geschähe, wenn ich mich so richtig eingraben würde. Würde ich frieren, oder würde es mich wärmen?

Ein paar Schneeflocken fielen vom Himmel und mit einem Lächeln zog ich die grob gestrickte, überlange Jacke enger um mich. Gerade war ich in meinem kleinen Häuschen und hielt eine Tasse mit dampfend heißem Inhalt in der Hand. Langsam trank ich einen Schluck des grünen Tees, den ich mir jeden Morgen in exakt demselben Ritual aufgoss. Aufstehen, ins Bad, ankleiden und anschließend in die Küche, den Wasserkocher anstellen, mit meinem Teesieb in den Beutel des losen Sanddorn-Tees tauchen und anschließend aufgießen. 2 Minuten und 30 Sekunden ziehen lassen. Das Beste an jedem Morgen. Ich stellte mich an die Fensterfront mit den weißen Sprossenfenstern, sah auf die Ostsee und genoss die Stille, die mich umgab. Womöglich war niemand auf der Insel, der sie mehr liebte als ich. Ich würde niemals von hier fortgehen und hatte auch noch nie den Wunsch gehegt, aufs Festland zu ziehen und dort groß Karriere zu machen. Natürlich hatte ich Wünsche und Träume, zum Beispiel würde ich gern riesige Herrenhäuser oder gar ein Schloss dekorieren, aber ich wusste, das würde einer kleinen Dekorateurin nicht ermöglicht werden. Für mich war das in Ordnung, einfach aus dem Grund, weil die Liebe zur Insel und deren Bewohnern überwog. Gerade dann, wenn sich das Jahr dem Ende neigte und wir die wundervolle Adventszeit erleben durften. Schon immer hatte ich ein inniges Verhältnis zu diesem Ort, und ich konnte mir kein besseres Zuhause vorstellen. Die Insel war für mich nicht nur ein Ort auf der Landkarte, sondern ein Teil meiner Seele.

Rügen, das war für mich eine ständige Idylle. Sanfte Hügel, die im Sommer von dichten grünen Wäldern bedeckt waren, prägten die Landschaft. Die Ostsee erstreckte sich majestätisch vor uns, und der Anblick der rauschenden Wellen und des glitzernden Wassers konnte mein Herz immer wieder aufs Neue beruhigen, egal wie turbulent mein Tag gewesen war. Egal, wenn gerade etwas nicht so lief, wie es sollte. Eine Strähne meines Haares kitzelte mich an der Wange, als ich aus der Trance gerissen wurde. Der Blick auf das Meer war meine persönliche Meditation jeden Morgen. Der örtliche Radiosender spielte einen Weihnachtssong und ich summte mit, während ich zurück in die Küche ging.

Ich war ein Kind dieser Insel, aufgewachsen mit den Geschichten von alten Kapitänen, die auf hoher See Abenteuer erlebt hatten, und den Legenden von mysteriösen Gespenstern, die die alten Fischerdörfer heimsuchten.

Aber es war nicht nur die Naturschönheit von Rügen, die mich so tief berührte. Es war auch die zauberhafte Weihnachtszeit, meine liebste Zeit im ganzen Jahr, die hier einen ganz besonderen Platz in meinem Herzen einnahm. Jedes Jahr, wenn die Temperaturen sanken und die Tage kürzer wurden, verwandelte sich unsere Insel in ein wahres Märchenland aus Lichtern und festlicher Stimmung. Ich grinste, denn ich trug dazu bei.

Der absolute Höhepunkt unserer Weihnachtszeit hier auf Rügen war zweifellos der alljährliche Strandkorbzauber. Dieser zauberhafte Weihnachtsmarkt erstreckte sich entlang der Uferpromenade und war zweifellos der schönste Ort, den man sich für eine solche Veranstaltung vorstellen konnte. Überall glitzerten Lichterketten in den Bäumen, die große Tanne auf dem Marktplatz geschmückt mit Lichtern und auch die Stände waren mit handgefertigten Dekorationen und köstlichen Leckereien gefüllt. Der Duft von Glühwein und frisch gebackenem Lebkuchen lag in der Luft, und die Menschen lachten und genossen die Gesellschaft ihrer Liebsten. Ich selbst hatte mit meinem Laden dort keinen Stand, sondern genoss einfach jedes Wochenende dieses Charisma. Das jedes Jahr aufs neue erleben zu dürfen, bedeutete mir alles.

Als Dekorateurin unseres Ortes Meeresruh war ich dafür verantwortlich, dass unser Strandkorbzauber nicht nur von der heimeligen Weihnachtsstimmung eingefangen wurde, sondern dass er auch danach aussah. Ich liebte meine Arbeit. Ich liebte meinen Laden und ich liebte die Menschen hier, die mir vertrauten, dass alles schön und harmonisch werden würde.

Der Strandkorbzauber war für mich der Höhepunkt des Jahres. Ich liebte es, durch die festlich geschmückten Gassen zu schlendern, in den liebevoll dekorierten Schaufenstern zu stöbern und mich von der Magie dieser besonderen Jahreszeit verzaubern zu lassen. Allein der Duft, der typisch nach Weihnachten roch, oder das Lachen, wenn zwei sich kennende Menschen aufeinandertrafen und sich dem Augenblick hingaben. Es war das vierte Adventswochenende, was bedeutete, dass wir bald am Ende der Weihnachtszeit angekommen waren, nur ließ ich mir davon meine Laune nicht verderben. Ich würde jede Minute, jeden Augenblick auskosten, so gut es ging.

Schon Wochen vorher hatte ich begonnen, mein Zuhause für die Weihnachtszeit herzurichten. Mein kleines Haus am See, das ich von meinen verstorbenen Eltern hatte, war ein Sammelsurium aus Weihnachtsdekorationen in allen erdenklichen Formen und Farben. Von funkelnden Lichterketten, die wie Sterne an meinen Fenstern hingen, bis hin zu kunstvoll geschmückten Weihnachtsbäumen in jedem Raum – ich konnte einfach nicht genug von all dem Glanz und der Wärme bekommen, die diese Jahreszeit mit sich brachte.

Lächelnd sah ich mich um und versuchte für einen Moment, das alles hier mit Gregs Augen zu sehen. Mit den Augen von jemandem, der Weihnachten nicht ausstehen konnte. Na gut, vielleicht war das doch hier ein wenig viel Kitsch, aber er hatte sich gut geschlagen, fand ich. Für mich hätte die Weihnachtszeit eigentlich auch traurig sein können, weil ich weder Geschwister noch Eltern noch einen festen Freund hatte … aber ich versuchte, mich davon nicht unterkriegen zu lassen. Immerhin hatte ich meine Tante Agnes, die zwar nicht mehr auf Rügen lebte, sondern sich für das Festland entschieden hatte, aber sie würde die Weihnachtstage und diesen unglaublichen Zauber erleben, denn sie verbrachte diese Tage immer bei mir. Ich freute mich darauf, dass wir uns mit Gans vollstopften, vielleicht ein Schokoladenfondue machen würden und uns kleine Geschenke überreichten. Der eine oder andere mochte es als deprimierend ansehen, wenn das der klägliche Rest der Familie war, aber für mich war es etwas Besonderes. Am ersten Weihnachtstag unternahmen wir dann immer Spaziergänge direkt am Wasser oder umrundeten den Ort, ehe wir zu Hause Plätzchen mit heißer Schokolade und abends dann die Reste des Mahls vertilgten. Wir lasen, lachten und genossen die Stille, denn an Weihnachten war es so, als würde alles irgendwie stehen bleiben. Wenn ich ehrlich war, dann würde Gregory schon gut dazu passen, in diese magische Zeit, zwischen Weihnachten und dem neuen Jahr, das neue Hoffnung bringen würde.

Die Vorfreude auf das kommende Wochenende und alles, was ich für Gregory geplant hatte, erfüllte mein Herz, und ich konnte es kaum erwarten, in den Bann des Weihnachtszaubers am Meer gezogen zu werden. Schwer seufzend, weil es noch nicht so weit war, dass ich auf den Adventsmarkt gehen konnte, zog ich meine Jacke aus und beschloss, mir ein heißes Bad zu gönnen. Es wurde wohl langsam von der Ausnahme zur Regel, dass ich den Laden früher schloss oder später öffnete. Aber es war mir wichtig, nachher einen guten Eindruck bei Greg zu hinterlassen. Auch wenn ich … nein! Ich würde die Liebe nie wieder zulassen. Die Liebe verletzte einen anderen Menschen einfach nur. Mich hatte sie verletzt. SO unendlich sehr. Wenn ich an meinen Exfreund Jakob dachte … daran, wie er mich und mein Herz zerbrochen hatte … schnell verdrängte ich den Gedanken.

Als ich in das warme Wasser und durch den Schaum glitt, fragte ich mich, ob es wirklich so schlimm wäre, sein Herz zu riskieren. Mein Herz zu riskieren …

Ja! Ja, das wäre es, denn Gregory war ein Tourist und kein Mann, der sein Leben hier leben konnte oder wollte. Zwar war das nicht ausgesprochen, aber ich spürte es. Ihn zog es hinaus in die Welt. Nicht nach Meeresruh in die spärliche Innenstadt oder an eine menschenleere Düne, wie die, die ich aus dem Badezimmerfenster im ersten Stock sehen konnte.

Nein, das brachte gar nichts … Und damit ich das bloß vergaß, würde ich heute Abend nichts mit ihm allein unternehmen. Ich würde ab jetzt jeder komprimierenden Situation aus dem Weg gehen.

Später also würde ich mich mit meiner besten Freundin Charlotte und mit Greg treffen, um bei *Karstensens Glühweinkörbchen* den ein oder anderen Punsch zu trinken und mehr über Gregory zu erfahren.

Halt nein! Um seinem Hass gegenüber Weihnachten gegenzusteuern.

O Grundgütiger, es wäre wirklich besser, ich würde ihn einfach gar nicht mehr sehen.

KAPITEL 5

Die Freude auf den Strandkorbzauber-Markt hatte mich schon Wochen im Voraus ergriffen. Das war jedes Jahr so. Und jedes Jahr hielt die Freude bis in den späten Januar an, auch dann, wenn der Advent schon lange vorbei war. Meistens fühlte ich mich nach der Weihnachtszeit immer ein wenig einsam, aber das war wohl so und ließ sich nicht ändern. Der Frühling hatte auch seine guten Seiten, aber der Winter stimmte mich einfach glücklicher.

Während ich in meine gefütterten Stiefel schlüpfte, fragte ich mich, ob Greg vielleicht auch unter Winterdepressionen litt, so wie viele andere Menschen.

Vielleicht war ich auch nur einer der Menschen, dem das Vitamin D im Blut lag, weil es mir wirklich ganz und gar nichts ausmachte, wenn es kälter und dunkler war.

Ich legte mir meinen großen schwarzgrauen Schal um den Hals. Ich liebte es, mich einzukuscheln. Meine Handschuhe und ein Stirnband stopfte ich in meine Umhängetasche und verließ das Haus. Ich freute mich jetzt schon, wenn ich wiederkommen würde und es hier heimelig beleuchtet und zauberhaft mystisch war. Der Gedanke an den Strandkorbzauber ließ mein Herz wie immer höherschlagen, und ich konnte es kaum erwarten, den Zauber von Weihnachten am Meer zu erleben. Es ging mir immer so. Niemals würde ich dieser Sache müde werden.

Der Abend war kalt, aber der Himmel sternenklar. Die Ostsee lag ruhig da und reflektierte das Licht der hellen Sterne und der Laternen an der Promenade, während ich mich auf den Weg zum Weihnachtsmarkt machte. Mir begegneten allerlei Leute, denn dadurch, dass der Markt erst ab Freitagabend über das Wochenende geöffnet hatte, war immer einiges los. Viele bekannte Gesichter würden sich sehen, Lachen würde erklingen und der Duft, die Vorahnung, nach etwas Magischem lag wie immer in der Luft. Die Lichter der Stadt führten mich durch die Straßen, und ich fühlte die festliche Stimmung, die die ganze Insel ergriffen hatte. Unser Strandkorbzauber war so bekannt, dass es an den Wochenenden, zumindest am vierten Adventswochenende, vor

Menschen nur so brummte und surrte, denn alle wollten heiße Maroni, einen leckeren Apfelpunsch und kandierte Äpfel riechen, schmecken, fühlen.

Am Strandkorbzauber angekommen, war ich von der festlichen Pracht überwältigt. Überall glitzerten Lichterketten in den Bäumen, und die Stände waren mit handgefertigten Dekorationen und köstlichen Leckereien gefüllt. Der Duft von Glühwein und frisch gebackenem Lebkuchen lag in der Luft, und die Menschen lachten und genossen die Gesellschaft ihrer Lieben.

Ich hatte mich mit meiner Freundin Charlotte verabredet, um die Weihnachtszeit gebührend einzuläuten. Wir trafen uns bei dem beliebtesten und weltbesten Glühweinstand. Ihre Kreationen waren jedes Jahr aufs Neue atemberaubend, und ich war stolz auf unseren Weihnachtsmarkt.

Gregory, der mürrische Schotte, war auch gekommen, begleitet von seinem treuen Gefährten Max. Dieser war, wie immer, absolut entspannt. Nur sein Herrchen verzog das Gesicht, als würde es ihm Schmerzen bereiten, all die festlichen Dekorationen zu sehen, und ich konnte erkennen, dass er noch immer nicht ganz von der Idee überzeugt zu sein schien, Weihnachten zu mögen.

»Hey!«, sagte ich und stieß ihm mit einem breiten Grinsen in die Seite. Gerade schallte Jingle Bells über den Platz und einige sangen laut mit. Ich sah mich um. Lachende Gesichter und freudiges Erwarten. Unseres liebes Annchen, das fleißig von allem Fotos schoss, um diese dann auf ihrem Account hochzuladen. Das war das Besondere an unserem Städtchen. Ich lächelte. »Lust auf eine Runde Jingle Bells?«

»Eher friert die Hölle zu!« Mürrisch sprach er die Worte aus und ich rollte die Augen.

»Wer wird denn an Weihnachten von der Hölle sprechen?«, fragte ich und beschloss, dass ich härtere Geschütze auffahren musste, auch wenn sein Anblick wie immer meine Wangen rot werden und mein Herz rasen ließ. Ich hakte mich also bei einem überraschten Greg unter. Er räusperte sich. Allerdings war das Räuspern nicht so, als hätte er etwas dagegen, sondern eher, als müsste er sich sammeln. Wie ich das heraushörte? Gar nicht. Aber seine störrische Miene wurde kurz weich und der Zug um seinen Mund etwas weniger hart.

Wir gesellten uns zu meiner Freundin Charlotte zum *Karstensens Glühweinkörbchen*. Ich stellte die beiden vor. Charlotte war mit einigen Bekannten aus dem Diner hier und diese begrüßten Greg ebenfalls. Er war wortkarg, taute kaum auf. Es war beinahe so, als würde es ihn stören, dass wir nicht allein unterwegs waren. Allerdings ließ sich das nicht ändern.

»Wie schmeckt dir der Glühwein?«, fragte ich ihn, nachdem wir ein paar Minuten für uns hatten, da Charlotte und die anderen, mit denen sie hier war, sich etwas zu essen holen wollte. Gunnar lief vorbei und wir grüßten ihn freundlich. Mir war heiß und kalt zugleich, denn jetzt, da wir unter uns waren, sah er mich so an, als würde er mich verschlingen wollen. Ich wusste noch nicht, ob das ein positives Verschlingen war oder ein negatives.

»Er ist … gut.«

»Siehst du, sag ich doch.« Ich stieß ihn wieder leicht in die Seite und Max, der entspannteste Hund der Welt, hob nicht einmal den Kopf dabei, während er zu den Füßen seines Herrchens lag. »Verrätst du mir, wieso du diesem Adventsmarkt hier widerstehen kannst?«

»Weil es bessere Dinge gibt?«, schoss er zurück, aber grinste dabei schief. Dieses Lächeln, das an seinem Mundwinkel zupfte, schaffte es, dass Hunderte von Schmetterlinge in meinem Bauch starteten. Greg nahm mir meine Tasse aus der Hand und dabei berührten sich sanft unsere Finger.

»Vielleicht irgendwann mal«, sagte er plötzlich, ohne dass ich noch einmal eine Frage gestellt hatte und ich nickte. Natürlich wusste ich sofort, was er meinte, und natürlich war es für mich in Ordnung, wenn er gerade nichts sagen wollte.

Aber ich konnte seinen Widerstand langsam schmelzen sehen. Ich würde das schon schaffen, dessen war ich mir sicher. Die festliche Atmosphäre, das Lachen und die Freude der Menschen um uns herum schienen ihre Wirkung zu entfalten.

Wir liefen über den Markt, stoppten bei den einzelnen Ständen und ich erzählte ihm ein bisschen was über die Bewohner von Meeresruh. Er hörte wirklich aufmerksam zu und das war für mich ein guter Grund, nach seiner Heimat zu fragen.

»Wie ist das bei euch?« Ich griff in die Tüte mit den heißen Maronen, die er gekauft hatte und die wir uns teilen wollten. »Gibt es dort, wo du herkommst, einen Weihnachtsmarkt?«

»Nein. Also ja.« Er fuhr sich durch seine zu langen Locken. »Ich glaube schon.«

»Du glaubst?«, echote ich fragend und sah ihn verwundert an. »Eigentlich kennt man die eigenen Traditionen ja schon.«

»Ich beschäftige mich nicht so viel mit Weihnachten und bin dann unterwegs.« Er knackte eine der heißen Dinger und biss ab. Er kaute mit einer Hingabe, wie ich noch nie jemanden beim Maronenessen gesehen hatte. Beinahe so, als würde er jeden Bissen bewusst wahrnehmen wollen. So war es auch mit dem Trinken. Er glaubte vielleicht, dass ihn niemand sah, aber ich hatte sehr wohl bemerkt, wie er für einen kurzen Moment, wenn der Glühweinbecher seine Lippen berührte, genießerisch die Augen schloss. »Letztes Jahr war ich in Indien. Die haben ja ganz andere Traditionen. Also da war zumindest von einem Weihnachtsmarkt absolut keine Spur.«

»Na, von Schnee ja auch nicht, oder?«, fragte ich lachend und er nickte.

»Kein Schnee.«

»Siehst du. Und Schnee gehört dazu.« Wie auf Kommando begann es langsam, dass einige Flocken vom Himmel fielen und auf seinen Haaren landeten.

»Ich versteh nicht, was du daran magst. Das ist nass, kalt und beim Autofahren wird es gefährlich.«

»Wenn es schneit?« Ich nickte. »Du hast recht, aber wenn man dick eingemummelt, vielleicht mit einer Thermoskanne Tee in der Hand am Strand entlangläuft. Wenn es dicke Flocken schneit und man den Schnee nicht nur sehen, sondern auch riechen kann, und wenn es dann tatsächlich genug ist, damit man vielleicht auch einen kleinen Schneemann bauen kann, dann ist es doch wunderschön, oder? … Ich finde durchaus, das hat was. Oder wenn man mit einem guten Buch auf dem Sofa sitzt, die Menschen, die man gern hat, sind um einen herum, man hört das Feuer im Kamin prasseln. Der Roman ist gerade an einer guten Stelle und dann schneit es draußen und durch die Fensterscheiben lässt sich das beobachten, während man im Inneren des Hauses eine wohlig warme Zeit hat. Vielleicht nippst du an einem Glas

Wein dazu, oder du streichst der Frau, die natürlich ebenfalls ein gutes Buch liest, über den Kopf. Jepp, das stelle ich mir schön vor.«

Der intensive Blick aus seinen braungrünen Augen ließ mein Blut schneller durch meine Adern fließen. »Das klingt …« Er fuhr sich mit der Zunge über die Lippen und erwischte dabei eine Schneeflocke. Leicht grinste er. »Das klingt gut.« Nun legte er nachdenklich den Kopf schief, als wir auf dem Weg zurück zum Glühweinstand waren. »Doch, ich muss zugeben, das klingt gut. Welches Buch hätte ich in der Hand?«

»Mhm.« Jetzt war es an mir, sein Gesicht genau zu studieren. »Lass mich überlegen …«

»Ja?« Er schien ehrlich gespannt zu sein.

»Nichts Zartes. Ich denke eher … etwas Blutiges vielleicht? Vielleicht Karin Slaugther?«

Greg sah mich so an, als hätte ich den richtigen Knopf gedrückt. »Okay, das klingt gut.«

»Siehst du, sag ich doch!« Ich hakte mich bei ihm unter und genoss seinen Arm, den ich unter dem Handschuh meiner Hand fühlen konnte. Die Schmetterlinge erwachten zu neuem Leben und ich wusste, dass ich ihn mochte, obwohl er der grinchigste Grinch war, den ich kannte.

»Welches Buch würdest du lesen?«, fragte er und natürlich bemerkte ich sofort, dass er diese Szenerie auf uns beide übertrug. Ich würde lügen, wenn ich behauptete, dass mich das störte. Der Gedanke war … Ich wagte es nicht, mich in meinem Kopf weiter damit zu beschäftigen.

»Vielleicht einen schottischen Highlands-Roman. Bisschen Liebe, eine Prise Drama, noch mehr Liebe und vor allem kein Blut.«

Jetzt lachte Greg so richtig herzlich und das war das schönste Geräusch, das ich jemals hören durfte. Es war so offen und nah. Es war ehrlich und dunkel. Und doch vollkommen aus der Mitte seiner Seele heraus entsprungen.

Nachdem wir zurück am Stand waren, taute er mehr auf. Das Lachen hatte ihm anscheinend gutgetan und er streichelte kurz über Max' Kopf, der ihn ansah, als wäre er bereit, zu gehen, flüsterte ihm zu, dass er liegen bleiben konnte. Die beiden so zu sehen, mit diesem unglaublichen Vertrauen zueinander, berührte mich tief in meinem Innersten. Lächelnd beobachtete ich die Szene.

»Alles gut?«, flüsterte mir Charlotte, die plötzlich neben mir auftauchte, in mein Ohr. »Du strahlst so.«

»Er ist … nett«, gab ich zu, auch wenn mir eher danach war, das alles für mich zu behalten.

»Ich habe dich auch schon lange nicht mehr so glücklich gesehen.«

»Ich weiß nicht, ich habe nicht damit gerechnet, dass er so … nett ist.«

»Weil er Weihnachten nicht mag?«

»Du hast davon gehört?«

»Süße«, sagte sie nun und ihr Tonfall war leicht tadelnd. »Ich arbeite in einem Diner und wenn die Schönheit des Ortes, die nie auch nur einen Mann in ihre Nähe lässt, plötzlich jeden Tag mit ein und demselben gesehen wird, dann spricht sich das rum. Auch in einem Ort wie Meeresruh.«

Ich fühlte, wie mir eine zarte Röte in die Wangen stieg und war froh, dass Gregory kurz anstehen musste, um Nachschub zu besorgen.

»So ist das nicht!«, zischte ich und Charlotte schüttelte den Kopf so energisch, dass ihr langes blondes Haar, welches in einem Pferdeschwanz steckte, hin und her flatterte. »Wir sind Freunde.«

»Klar, ihr seid Freunde.« Charlie legte die Stirn in Falten und betrachtete mich so, als hätte ich den Verstand verloren. »Einfach nur Freunde. Und dass dieser Mann absolut umwerfend aussieht ...«

»Tut nichts zur Sache!«, unterbrach ich sie und griff mit den Fingern nach der Tasse, in der mein bereits kalter Glühwein war. Greg stand nämlich noch an.

»Natürlich nicht«, stimmte sie grinsend zu und ich wusste, dass sie mir kein Wort glaubte. Aber ich konnte nicht anders, ich musste ebenfalls grinsen. Ich wollte nicht mehr verstecken, dass nach all den Jahren, in denen ich einen riesigen Bogen um die Männer machte, es sich gerade ganz gut anfühlte, es nicht zu tun. Amüsiert beobachtete ich Greg dabei, wie er sich mit Roger unterhielt, einem Kollegen von Charlotte.

Nach einigen weiteren Bechern des leckeren Glühweins lockerte sich Gregorys Miene, und er begann, sich zu amüsieren. Er taute auf, erzählte Geschichten aus seiner Heimat in Schottland, die ihm als Junge zur Weihnachtszeit passiert waren, und schien die Gesellschaft meiner Freunde zu genießen. Er war so gelöst und locker, dass mich nun noch brennender interessierte, was sein Problem mit Weihnachten war. Anscheinend war das ja früher – zumindest in seiner Kindheit – anders gewesen.

Der Strandkorbzauber an der Promenade am Meer hatte einen nicht wegzudiskutierenden Zauber, der selbst die hartnäckigsten Weihnachtsmuffel in seinen Bann nehmen konnte. Und so standen wir dort, an unserem Stehtisch, umgeben von Lichtern und Lachen, und ich konnte sehen, wie Greg begann, die Magie von Weihnachten zu spüren. Es war ein wunderbarer Abend, der uns alle ein Stück näher zusammenbrachte und uns daran erinnerte, worauf es in dieser besonderen Jahreszeit wirklich ankam: Liebe, Freundschaft und die Freude, sie zu teilen.

KAPITEL 6

Der Samstag des vierten Adventswochenendes brach an, und Meeresruh lag unter einem klaren, sternenübersäten Himmel, der langsam in den Tag überging. Ich war schon wach, konnte nicht mehr schlafen, denn mich beschäftige Greg so sehr, dass ich immer und immer wieder alles durchging, was wir in den letzten Tagen zusammen erlebt hatten. Greg hatte mich gestern Abend nach Hause begleitet und mir einen Kuss auf die Wange gehaucht, als wir uns verabschiedeten. Er war nicht direkt an mir interessiert, zumindest glaubte ich das, aber ich wusste, dass er mich ebenfalls mochte und gerne Zeit mit mir verbrachte.

Es war immer so: Wenn ich jemanden mochte, mochte er mich allerdings nicht so sehr, dass wir uns näher und intensiver kennenlernten. Aber mit Gregory … Mein Herz schlug eindeutig schneller, wenn er in meiner Nähe war. Nein, wenn ich nur an ihn dachte, dann schlug mein Herz heftig und das Blut rauschte in meinen Ohren. Wenn er direkt neben mir war, dann vernebelte mir sein reiner, männlicher Geruch nach Leder und Sandelholz die Sinne. Wenn er in meinen Laden kam, was sich im Lauf der Woche zu einer Art Routine entwickelt hatte, da er mir Kaffee brachte, dann wirkte er zwischen dem bunten kitschigen Dekokram so deplatziert, dass ich gestern in der Früh laut hatte lachen müssen. Greg hatte das gar nicht so witzig gefunden, aber ich hatte an seinem Mundwinkel ebenfalls ein Schmunzeln erkannt.

An meinem Kaffee nippend sah ich nach draußen. Auf den Dünen lag ein wenig Schnee, denn über Nacht hatte es geschneit. Vermutlich würde er nicht liegen bleiben, denn auch für das letzte Adventswochenende waren zwar kalte Temperaturen vorausgesagt, aber dennoch sollte die Sonne vom Himmel brennen und selbst im Winter war diese stark. Ich öffnete die Terrassentür, zog meine weite Strickjacke, die ich mir vorher übergeworfen hatte, enger um mich und sah hinaus, wie langsam die Nacht in den Tag überging. Die Luft war frisch und erfüllt von einem Hauch von Magie. Die Insel war komplett gepudert und in ein zartes Winterweiß gehüllt. Die

Straßen waren mit einer dünnen Schicht glitzerndem Schnee bedeckt, der gerade eben noch gefunkelt hatte, als der Mond in dieser klaren Nacht darauf schien.

Ich hatte beschlossen, dass Gregory und ich eine der Aktivitäten auf der von mir erstellten Weihnachts-Bucket-List heute abhakten: Eislaufen auf der eigens für das vierte Adventswochenende geschaffenen Fläche. Ein weites, gefrorenes Feld, umgeben von funkelnden Lichtern, war der perfekte Ort, um die Kufen unter die Füße zu schnallen und über das Eis zu gleiten. Natürlich hatte ich ihm das gestern Abend noch gesagt, denn es könnte ja sein, dass er Eislaufen überhaupt nicht ausstehen konnte.

Bei der Erinnerung an unser Gespräch grinste ich und sog tief die frische Luft in meine Lungen.

» *Du willst also Eislaufen gehen.«*

»Jepp«, erwiderte ich und wir liefen ein paar Schritte schweigend nebeneinander her. »Das macht Spaß, du wirst sehen.«

»Ich glaube dir, dass Motorradfahren Spaß macht, Bungeejumping, Eishockey. Aber einfach nur mit Schlittschuhen über eine glatte Fläche fahren, auf der wir uns, nebenbei bemerkt, jederzeit wehtun können, weil sie eben selbiges ist? Glatt?«

»Hast du Angst?«, neckte ich ihn und er rollte die Augen. Dabei sah er so süß aus, dass ich ihn am liebsten umarmt hätte.

»Niemals.«

»Dann lass uns das machen.«

Erneut schwieg er.

»Oder hast du etwa Panik, dass du die Wette verlierst?«

»Panik? Ich? Ich glaube, du spinnst!«

»Dann ist es also vereinbart«, beschloss ich und klatschte in meine behandschuhten Hände. »Das wird großartig.«

»Klar, das wird großartig.« Wenig euphorisch wiederholte er meine Worte, grinste aber anschließend. »Wenn ich das mache, und glaube mir, das steht noch weniger auf meiner Weihnachts-Bucket-List, dann verrätst du mir aber das Geheimnis, was du machen willst, wenn du die Wette gewinnst.«

»Mooooment«, sagte ich, blieb stehen und hob die Hand. Max trabte unbeirrt weiter. »Ich höre hieraus zwei Dinge.«

»Ach so?«

»Ja. Einmal, dass du davon ausgehst, dass ich die Wette gewinnen werde, was nebenbei bemerkt ja auch der Fall sein wird. Und zum anderen … du hast eine eigene Weihnachts-Bucket-List angelegt?«

Greg sah mich fragend an. Ich grinste amüsiert. »Danke schön! Das war Antwort genug!« Ich lief fröhlich die Straße weiter entlang.

»Aber ich habe doch gar nichts gesagt!«

»Blicke sagen mehr als tausend Worte.«

»Du liest zu viele schottische Highlands-Romane!«, neckte er mich und strich einen Fussel von meiner Schulter, als wir vor meiner Haustür zum Stehen kamen. »Das war ein schöner Abend!«, sagte er und seine vollen Lippen verzogen sich zu einem Lächeln. Ich spielte mit dem Schlüssel in meiner Hand, sah nach unten und wusste nicht so recht, wie ich mich verabschieden sollte. Ich hasste das. Und vor allem, dass das nie aufhörte, und man auch in meinem Alter nicht wusste, wie man sich von einem Kerl verabschieden sollte.

»Ja, ich fand ihn auch echt schön.« Ich zuckte mit den Schultern, als wäre das nicht weiter wichtig, dabei war es das. Es war mir unglaublich wichtig. »Hat Spaß gemacht.«

Greg schenkte mir einen undurchdringlichen Blick. Ich wusste nicht, wie ich ihn deuten sollte.

»Also, morgen Schlittschuh laufen?«, fragte er noch einmal nach und ich nickte. »Dann schau ich wohl im Supermarkt vorbei und kauf mir einen Helm und Schoner, was?«

Ich grinste wieder. »Dafür ist es zu spät, ich bin mir ziemlich sicher, dass wir das nicht in unserem Supermarkt haben.« Ich senkte die Stimme ein wenig. »Aber wenn du Angst hast und einen Rückzieher machen willst …«

»Was?« Entsetzt sah er mich an.

»… dann kannst du auch einfach sagen, dass ich die Wette gewonnen habe, lächelst und gehst deiner Wege.«

»Niemals.«

»Dann werden wir beide morgen wohl Schlittschuh laufen gehen. Ich hole dich ab.«

· · ·

Lächelnd nippte ich an meinem Tee. Die Sonne war nun aufgegangen und stand am Himmel. Es war heute wirklich eiskalt, also der absolut perfekte Tag, um Schlittschuh fahren zu gehen, auch wenn Greg vielleicht keine Lust darauf hatte. Ich wusste, dass er viel zu ehrgeizig war, um das nicht mit mir durchzuziehen.

Als ich ihn später abholte, wartete er schon vor der Pension auf mich. Max lag wie immer zu seinen Füßen und er hatte den Wollmantel, den ich an ihm so sehr mochte, gegen eine dicke Daunenjacke in Dunkelblau getauscht. Auf dem Kopf hatte er eine Mütze und einen Schal um den Hals.

»Hi«, sagte ich und er grinste mich an, als wäre ich das Beste, das er heute gesehen hatte.

»Hey!« Freute er sich? Machten wir Fortschritte? Anscheinend. Das war das Einzige, warum ich mir erklären konnte, dass er so guter Laune war.

»Wie war dein Morgen?«

»Ganz okay. Ich war eine große Runde mit Max spazieren. Wir haben Rudolph getroffen«, ergänzte er und ich lachte laut auf.

»Uhhh! Ihr wart sicher ein schickes Dreiergespann.«

»Kann man so sagen.« Schief lächelnd schob er sich seine Locken aus der Stirn. »Aber die große Runde war echt nötig.«

»Bei dem Wetter?« Damit spielte ich auf den Schnee und unsere Unterhaltung von gestern an. »Hast du es überstanden?«, flüsterte ich, als würde ich ihm eine Verschwörungstheorie erzählen. »Ich sehe, es ist noch alles an dir dran.«

»Gerade so. Es war schwierig«, stieg er auf die Scherzerein ein, stand auf und wir legten gemeinsam den kurzen Weg zum Marktplatz zurück. Der Strandkorbzauber hatte heute auch schon in der Früh geöffnet und wir winkten den Leuten, die wir kannten. Die Eisfläche grenzte an den Markt, aber nicht ans Meer und sie war jetzt auch nicht übermäßig groß, immerhin war das hier nicht das Olympia Stadion oder das Rockefeller Center in New York, aber wir konnten Eislaufen und das war jedes Jahr ein Highlight für die Kinder. Und auch für die Erwachsenen, die es wagten, über die Eisfläche zu flitzen. Die Kälte ließ meine Wangen rosig werden, und mein Atem formte kleine Wölkchen vor meinem Mund. Es fühlte sich an, als ob die ganze Welt für einen Moment stillstand. Nachdenklich betrachtete Greg mich.

»Wir werden das wirklich tun?«

»Ja, werden wir. Das macht Spaß.«

»Ich bezweifel das.«

»Na komm, du großer Schotte, dem nichts Angst macht. Du schaffst das.«

»Wieso können wir nicht einfach den Advents-

markt besuchen? Essen? Trinken? Lachen? Spaß
haben?«

»Das hier wird dir auch Spaß machen!«

Lasse, der Sohn meiner Nachbarin und begeis-
terter Eishockeyspieler, flitzte über die Fläche. Er
grinste über das ganze Gesicht.

»Na komm, das wird lustig.«

»Wenn ich mir irgendwas breche, dann zahlst du
die Rechnung«, murmelte er mürrisch, während wir
uns auf den Weg zu dem kleinen Häuschen machten,
in dem man sich die Schlittschuhe ausleihen konnte.

»Du brichst dir schon nichts. Ich passe auf dich
auf.« Er sah mich lediglich mit einem mystischen
Blick an, wechselte aber die Schuhe und wies den
jetzt angelehnten Max an, an der Seite, auf ihn zu
warten. Die beiden kommunizierten auf einer Ebene
miteinander, das hätte ich niemals für möglich gehalten. Ich war aber auch kein Hundebesitzer.

Der Song, der die Eisfläche beschallte, war jetzt
ein rockigeres Lied von Bryan Adams. Gregory stellte
einen Fuß auf das Eis und während ich noch damit
beschäftigt war, mich mit der Fläche vertraut zu
machen, glitt er darüber, als hätte er niemals etwas
anderes getan.

»Hey!«, sagte ich, als er vor mir seine Kreise zog
und ich vorsichtig ein paar Schritte machte. »Du hast
gesagt, du kannst nicht eislaufen.«

»Nein, Eva, das habe ich nicht!«, sagte er lachend

und er schüttelte den Kopf. »Ich habe nur gesagt, dass es Dinge gibt, die ich lieber machen würde. Wie zum Beispiel Motorrad fahren.«

Ich dachte kurz an unser Gespräch von gestern und er hatte recht.

»Komm her!«, kam es von ihm und er griff nach meinen Händen, stellte sich rückwärts in Fahrtrichtung und stützte mich, als wir über die Fläche fuhren. Seine Hand war glühend heiß, was ich durch den weichen cremefarbenen Stoff meiner Handschuhe fühlen konnte. Langsam gewann ich etwas mehr Sicherheit.

»Woher kannst du das so gut?«

»Wir haben in Schottland auch Seen, die im Winter zufrieren.«

»Ja klar, aber …«

»Ich habe mal Eishockey gespielt«, erklärte er, während Lasse wieder an uns vorbeiflitzte.

»Das macht er auch!« Mit einem Nicken deutete ich auf den blonden Jungen, der auf der langen Seite jedes Mal Geschwindigkeit aufnahm und auf der kurzen solch präzisen und genauen Kurven fuhr, dass es schön war, ihm zuzusehen.

»Auuuussss dem Weg!«, rief er allerdings plötzlich. Greg und ich erschraken. Wir fielen hin und wie es nicht anders sein konnte, fiel ich weich. Nein, eigentlich hart. Aber weich auf seinen Körper. Auf diesen riesigen, muskelbepackten Körper. Ich landete der Länge nach auf diesem unwahrscheinlich attraktiven Mann. Sofort strömte mir sein umwerfender Duft in die Nase. Mein Herzschlag beschleunigte sich und in meinen Ohren rauschte es. Unsere Blicke verfingen sich ineinander und es fühlte sich an, als würden wir an einem Wendepunkt stehen. Als würde sich gerade etwas ändern. Etwas Elementares. Meine Welt wurde kurz aus ihren Angeln gehoben, wieder eingesetzt und drehte sich anschließend mit doppelter Geschwindigkeit. Seltsamerweise sah ich in Gregory's Blick dasselbe. Er wusste nicht, ob er es gut oder schlecht finden sollte, wie wir hier gerade lagen, und er wirkte so, als würde er zwischen ›festhalten, als wäre ich kostbar‹, und ›von sich stoßen, als hätte ich eine ansteckende Krankheit‹, ringen.

Die Situation wurde für uns geklärt, da der kleine Eishockeystar angeflitzt kam. »Ohhh, ab einem gewissen Alter sollte man sich eben nicht mehr auf glatten Oberflächen bewegen«, sagte Lasse frech mit seinem Zahnlückengrinsen.

»Bitte was?«, kam es lachend von Gregory, während er mir hoch half. Der Zauber war gebrochen. »Na warte!«

»Du kriegst mich nicht, du kriegst mich nicht!«, rief der kleine Racker und die beiden Männer flitzten fort. Verdutzt, was hier gerade geschehen war und wie locker und offen Gregory auf einmal war, sah ich den beiden hinterher, wie sie sich gegenseitig einfingen. Greg lachte. Lasse auch. Sie hatten so viel Spaß, dass ich nicht anders konnte, als an den Rand zu fahren und die beiden zu beobachten. Lachend warf Gregory den Kopf in den Nacken, als Lasse ihn fangen musste und er ihn binnen kürzester Zeit erwischte. Ich hätte den beiden ewig zusehen können, aber Lasses Mutter kam mit einem Korb voll Lebkuchen, den sie an ihrem Stand verkaufen wollte, und scheuchte den Kleinen von der Eisfläche. Wir grüßten uns, unterhielten uns ganz kurz und schließlich stoppte Greg schwungvoll und völlig außer Puste neben mir.

»Ich habe vergessen, wie viel Spaß das auf dem Eis macht.«

Bedeutungsschwanger kräuselte ich meine Nase. Ich wollte damit sagen: *Siehst du? Und Eislaufen ist in der freien Natur nur im Winter möglich.*

Allerdings war ich klug genug, vorerst nicht darauf einzugehen und das Thema ruhen zu lassen. »Ein paar langsame Runden zum Cool-down?«, fragte ich grinsend und er nickte. Gemächlich fuhren wir nebeneinander her. Wir waren die einzigen Menschen auf dem Eis.

Während wir unsere Runden drehten, wagte Gregory die Frage, die ihm vermutlich schon seit einiger Zeit auf der Seele brannte. »Eva, was sind deine größten Träume?«

»Du meinst der Wetteinsatz? Weil ich sagte, dass du mir dann einen Traum erfüllen musst?«

»Ja, das meine ich, aber ich meine auch die Frage selbst: Was ist einer deiner größten Träume? Egal was, es kann alles sein. Na gut, gesundheitliche Wünsche nehmen wir aus. Aber alles, was sich erfüllen ließe.«

»Mhm«, erwiderte ich, legte den Kopf schief und wir glitten nebeneinander her. »Also du meinst egal was, aber das muss nichts mit der Wette zu tun haben? Denn das, was einer meiner größten Wünsche ist, das lässt sich nicht umsetzen.«

Greg sah mich an, hob eine Braue. »Jetzt bin ich neugierig. Ich beiße an. Sag bitte.«

Wir blieben stehen und ich schaute nun vollends zu ihm auf. Seine Augen glänzten im Licht der Laternen, die den Rand der Eisfläche säumten. Es war zwar erst früher Nachmittag, aber die Sonne würde sich ziemlich bald verziehen.

Geduldig wartete er, bis ich etwas sagte. Es kostete mich Überwindung, weil ich wusste, wie lächerlich dieser Traum war. Wie unerreichbar. Und wie töricht für eine kleine Insel-Dekoladen-Fee er war.

»Einer meiner größten Träume ist es, einmal ein Schloss zu dekorieren«, gestand ich ihm. »Ich liebe es, Menschen mit meiner Kreativität und meinem Sinn für Ästhetik glücklich zu machen, und ich kann mir nichts Schöneres vorstellen, als ein Schloss in eine märchenhafte Weihnachtswelt zu verwandeln.«

Er blinzelte mehrmals nacheinander, und der Zug um seinen Mund wurde wieder härter.

»Schau nicht so streng. Ich liebe Weihnachten eben.«

G regory blickte mich an, und ich konnte die Neugier in seinen Augen sehen. »Das klingt nach einem wundervollen Traum«, sagte er leise. »Also das mit Weihnachten verstehe ich nicht so wirklich, aber das mit dem Schloss verstehe ich.« Er lächelte plötzlich wieder. »In dir steckt wohl eine Prinzessin, wie in jeder Frau.«

»Na ja, ich will keine Prinzessin sein, denn ich bezweifle, dass eine Prinzessin ihr eigenes Schloss dekorieren dürfte.«

»Also wäre ich ein Prinz, dann würd ich's dir erlauben.«

In seinen Worten schwang so viel Unausgesprochenes mit, dass ich eine Gänsehaut bekam. Wir starrten uns an, sein Braun mit den wunderschönen grünen Sprenkeln, fingen mich ein. Schließlich presste er kurz die Kiefer aufeinander und schien ebenso mit sich zu kämpfen, wie ich es gerade tat. Ja, verflixt und zugenäht, am liebsten hätte ich ihn tatsächlich geküsst. Und umarmt. Und mich in ihm verloren. Mich gemeinsam *mit* ihm verloren.

Mein innerer Konflikt, den ich seit unserer ersten Begegnung mit Gregory empfand, war noch immer präsent. Er wirkte so abweisend und in sich gekehrt, aber eigentlich war er gar nicht so. Zumindest dann nicht, wenn man ihn ein kleines bisschen besser kannte und er für einen Moment seine Maske fallen ließ. Ich mochte ihn. Ja, es traf mich wie ein Blitzschlag. Ich war dabei, dass meine hart errichteten Mauern, weil ich verletzt, gedemütigt und verlassen worden war, langsam bröckelten.

»Alles okay?«, fragte er und allein das zeigte mir, wie feinfühlig er im Grunde war. Ich mochte ihn wirklich, seine charmante Art und seine tiefen Blicke, die mehr verrieten, als er zugab. Aber gleichzeitig konnte ich nicht damit klarkommen, dass er Weihnachten nicht ausstehen konnte. Es war, als ob ein Teil von mir sich zwischen meinen Gefühlen für ihn und meiner Liebe zur Weihnachtszeit hin- und hergerissen fühlte.

Tief räusperte ich mich, sah mich um. Wir standen immer noch mitten auf der Eisfläche. »Ja, ich … ja, alles okay. Ich habe nur Durst.«

Greg nickte, umgriff meinen Ellbogen und gemeinsam fuhren wir zum Ausgang, wechselten die Schuhe und schlenderten schweigend, Max neben uns, zum Strandkorbzauber.

»Du bist seltsam«, meinte er und betrachtete mich wieder so, als würde er bis auf meine Seele blicken. Ich fühlte mich nackt und wäre am liebsten erst einmal mit meiner Erkenntnis allein, dass nach all den Jahren ein Mann vor mir stand, der es schaffte, meine Mauern einzureißen.

Ich seufzte und zog meine Mütze ein Stück tiefer in die Stirn. Zu schweigen war falsch. Außerdem war Greg auf der Durchreise und er würde Meeresruh wieder verlassen. Er war nur hier für die Feiertage. Eigentlich, um sich zurückzuziehen und seine Ruhe haben zu dürfen. Also beschloss ich, alles auf eine Karte zu setzen. Na gut, nicht alles, aber vieles. »Ich frage mich, wie es wäre, wenn du Weihnachten genauso lieben würdest wie ich.«

Gregory drehte sich noch einmal um und schaute auf das glitzernde Eis, das nun hinter uns lag. Max lief neben ihm. Ein Lächeln, das man beinahe als nachsichtig bezeichnen konnte, umspielte seine Mundwinkel. »Eva, vielleicht wirst du mir dabei helfen, die Weihnachtsmagie wiederzuentdecken. Und wer weiß, vielleicht werde ich eines Tages genauso in Weihnachten verliebt sein wie du.«

»Das sagst du, weil ich es hören will, oder?« Ich legte die Stirn in Falten und wir stellten uns am Glühweinstand an. Der Strandkorbzauber war schon gut gefüllt, denn heute war Samstag und somit nur noch heute und morgen die Möglichkeit, sich hier völlig fallen zu lassen.

Als ich ihn, anders als gestern mit jemandem reden sah, keimte Hoffnung in mir. Was, wenn er vielleicht wirklich Weihnachten nicht mehr so schrecklich finden würde, wie ich es zu Beginn geglaubt hatte?

Was, wenn ich tatsächlich Aussichten darauf hatte, die Wette zu gewinnen?

KAPITEL 7

Es war ein klarer und eiskalter Winternachmittag auf Rügen, und ich fühlte mich, als ob die Lichter unseres Strandkorbzaubers nur für uns brannten. Gregory und ich saßen auf den Stufen des Diners, etwas abseits vom Markt, umgeben von einer sanften Stille, die nur vom Knistern des Feuers, das der Maronenofen und die offene Gulaschstelle unterbrach.

Gregory hatte sich verändert. Der mürrische Schotte hatte nach und nach seine Geheimnisse gelüftet, und ich begann, mehr über seine Vergangenheit und die Gründe für seinen Weihnachtshass zu erfahren.

»Es ist halt schwierig, wenn es immer nur Ärger und Ärger und Ärger gibt. Dann macht dir Weihnachten keinen Spaß mehr. Nicht mit der Familie, nicht mit Freunden. Wenn es immer nur Streit und Unmut gibt, dann will man an diesen Tagen seine Ruhe und nicht einen auf happy family machen, verstehst du?« Er hob einen Mundwinkel und lächelte traurig. »Immerhin weiß man dann, dass es in ein paar Stunden vorbei ist, sobald die Feiertage hinter einem liegen.«

Mein Herz brach. Eben hatte Greg mir erzählt, dass er als kleiner Junge und auch als junger Erwachsener nur wenige glückliche Erinnerungen schaffen konnte. Wenn das ganze Jahr über immer alles mies lief, es nur Neid und Missgunst gab und einem nur Steine in den Weg gelegt wurden, dann wunderte es mich nicht, wenn es Greg nervte, sobald in der Adventszeit, im speziellen an Weihnachten, direkt alles mit Friede, Freude, Eierkuchen überspielt wurde. Das tat weh und ein Kind verstand selbstverständlich nicht, wieso es an diesen Tagen plötzlich gut genug war, aber an allen anderen eben nicht. Greg erzählte mir auch, dass er zu Beginn das Weihnachtsfest immer herbeigesehnt hatte, weil er wusste, dann würde für ein paar Tage alles gut sein, es würde kein Geschrei und kein Türenknallen geben. Aber je älter er wurde, umso schwieriger wurde es anscheinend, denn er kam mit diesem Druck nicht mehr zurecht. Ich persönlich verstand noch nicht, wieso und weshalb seine Familie so viel Druck auf ihn ausübte, aber ich konnte mir durchaus vorstellen, wenn er es so wahrnahm, dass es der Wirklichkeit entsprach. Es war eine traurige Geschichte von einer zerrütteten Familie. Seine Eltern hatten immer ein glückliches Familienbild in ihrem prächtigen Herrenhaus in Schottland aufrechterhalten, doch der Rest des Jahres war von Konflikten und Kälte geprägt.

»Weißt du, es war schon schlimm genug, so aufzuwachsen. Diesem ständigen Druck standhalten zu müssen. Immer funktionieren zu müssen.« Gregory hatte sich von diesem Bild seiner Familie distanziert und nie die Freude an Weihnachten empfinden können, die ich so sehr liebte. Wie auch?

Seufzend fuhr er sich über das Gesicht. »Sorry, ein Thema, in das ich mich gern reinsteigere.«

Schwach schüttelte ich den Kopf. Bei dem Gedanken daran, wie schlimm es als Kind für ihn gewesen sein musste, zog sich alles in mir zusammen. Ich selbst besaß nur wundervolle und glückliche Erinnerungen an meine Kindheit, an mein Teenager- und an mein Erwachsenenalter. Leider waren meine Eltern nicht mehr die Jüngsten gewesen, als sich ihr Kinderwunsch erfüllt hatte, und somit war ich, seit ich Mitte zwanzig war, allein.

»Danke, dass du es mir erzählt hast«, wisperte ich und er nickte gebrochen. Greg stützte seine Arme auf den Knien auf und versuchte sich an einem Lächeln. Es gelang ihm nicht wirklich. Es war durchaus möglich, dass die Erinnerungen heftig in ihm arbeiteten. Ich verstand es.

»Lass uns aufstehen, es wird hier kalt.« Vorsichtig klopfte ich meinen Daunenmantel ab, obwohl darauf nichts zu sehen war. Allerdings war der Drang, ihn in die Arme zu nehmen, so übermächtig, dass ich meine Hände irgendwie davon abhalten und beschäftigen musste.

»Ja, du hast recht.« Gregory erhob sich und reichte mir die Hand, damit ich ebenfalls auf die Beine kam. Der Stromschlag, der dadurch ausgelöst wurde und den auch der Handschuh nicht abmildern konnte, ging mir durch Mark und Bein.

Dieser Tag war unglaublich. Auch jetzt, nachdem es Nachmittag war, und wir im Diner, vor dem wir gerade saßen, etwas gegessen hatten, war es nicht so, dass ich mich langweilte oder auch nur im Ansatz das Gefühl hatte, wir wären uns zu viel. Zeitweise fühlte es sich so an, als würde ich ihn schon immer kennen. Wir hatten lange geredet, über unser Leben, unsere Träume und unsere Ängste. Ich war darüber erstaunt, wie offen er war, wie unglaublich gebildet und welche Orte auf der Welt er schon bereist hatte. Greg sprach sechs Sprachen, vier davon flüssig wie Englisch, Spanisch und Finnisch und er konnte sogar im Nato-Alphabet buchstabieren. Er kannte sich in der Politik aus, und als er mich nach meinem Traum und dem Schloss fragte, denn es interessierte ihn wirklich, wieso es gerade ein Schloss sein sollte, erzählte ich ihm, dass Königshäuser mich schon immer faszinierten. Ja, ich hatte ihm wirklich von meinem sehnlichsten Wunsch erzählt, einmal ein riesiges Anwesen zu dekorieren. Ich beschrieb ihm genau, wie ich mir einen solchen Haushalt vorstellte, und er schüttelte immer wieder lachend den Kopf, als würde er es besser wissen. Greg stellte fest, wie sehr mich dieser Mädchentraum seit meiner Kindheit begleitete und fand es gut.

Wir liefen gerade nebeneinander her, als wir beide nachdenklich und still wurden. Mit ihm war alles irgendwie so leicht, wie ich die letzten Tage feststellen konnte, mit ihm war es so entspannt … einfach nur zu sein und sich keine Gedanken darüber zu machen, ob die Zeit, die man miteinander hatte, gut werden oder ob es mies sein würde. Bei ihm überlegte ich nicht lange, ob ich etwas sagen durfte oder ob ich es einfach raushaute. Nein, bei ihm war es so, als wüssten wir beide ganz genau, was der andere dachte.

»Alles gut?«, fragte er mich und kratzte sich an der Wange. Mann, dieser Kerl brachte mich mit seiner Körpersprache noch um den Verstand. Dieses markante Gesicht, die intensiven Augen. Die gerade Nase und die vollen Lippen eingebettet in einen gepflegten Bart. Mit meiner Zunge versuchte ich meine trockenen Lippen zu befeuchten und gleichzeitig, das Kribbeln in mir zu vertreiben. »Du wirkst nachdenklich.« Er stellte fest. Er urteilte nicht. Was ich sehr genoss und das den meisten Menschen als Gunst verwehrt blieb. »Was?« Überrascht blieb er stehen und hielt mich am Ellbogen fest. Ich erschrak regelrecht. »Sehe ich da etwa Panik?« Er beugte sich nah zu mir, sein maskuliner Geruch stieg mir in die Nase und tief inhalierte ich den Duft.

»Wo?« Ich sah mich um, weil ich nicht verstand, was er meinte.

»In deinen Augen, Eva«, brachte er schallend lachend hervor. »Angst, die Wette zu verlieren?«

»Du wieder!«, rief ich aus und stimmte in sein Lachen mit ein. Mit ihm war es so entspannt, einfach nur zu sein. Einfach meinem Gefühl zu folgen. Sein Herz sprechen zu lassen.

Als wüssten unsere Seelen, was unsere Münder nicht wahrhaben wollten. Schließlich zog wieder die Stille bei uns ein, die Gregory kurz danach erneut brach. Der Mann, der mürrisch und finster drein-schauend gewesen war, als ich ihn das erste Mal gesehen hatte. »Was würdest du sagen, wenn ich dir helfen könnte, deinen sehnlichsten Wunsch zu erfüllen?«

Meine Augen weiteten sich vor Überraschung, und mein Herz begann schneller zu schlagen. »Was meinst du?«

Wir waren kurz davor, den Strandkorbzauber

wieder zu erreichen. Die Menschenmengen verdichteten sich an diesem Samstagabend.

Gregory lächelte leicht. Verzog den Mund, als würde er einen inneren Konflikt austragen. Lächelte wieder. Und presste die Lippen schließlich so hart aufeinander, dass sämtliche Farbe aus ihnen wich.

»Ich bin aus dem Haus der Frasers«, gestand er.

»Ich verstehe nicht«, murmelte ich und kapierte gerade wirklich nicht, was er meinte. »Die einzigen Frasers, die ich aus Schottland kenne, sind aus einem Buch, das Fiktion ist.« Ich legte den Kopf schief. Eine meiner Haarsträhnen strich über meinen Arm. »Und die Königsfamilie, die ich aus Schottland kenne …« Mein verschwommener Blick wurde glasig. Mein Herz pochte in meiner Brust. Ich bekam kaum mehr Luft und hatte das Gefühl, dass ich gleich umkippen würde. Mein Blut rauschte in meinen Ohren. »… sind—«

Er unterbrach mein Gestammel. »Die Frasers.«

»Die Frasers«, echote ich und es dämmerte mir. »Du bist von *den* Frasers.«

»Ich bin ein Fraser, ja.«

Wirkte seine Stimmung mit einem Mal so gedrückt oder redete ich mir das ein?

»Aber wie kann das sein? Ich verfolge Adelsgeschichten und ich hätte dich definitiv erkannt.«

»Sagen wir mal so, ich war schon einige Jahre nicht mehr zu Hause und es ist ja jetzt nicht so, als wären wir eine regierende Königsfamilie wie King Charles in England. Wir sind ja nicht sonderlich im Rampenlicht. Das einzig Gute daran im Übrigen.«

»Aber du hast einen Hund.«

»Und wenn man adelig ist, darf man keinen Hund haben?«

»Ich—«

»Hör mal, es gibt Gründe, weshalb ich nicht mehr zu meiner Familie möchte, weshalb ich einfach nur mein Leben leben will, wieso der Winter und eben Weihnachten eben nicht meine Lieblingszeit im Jahr ist. Aber … aber wenn ich ehrlich bin, dann ist die Arbeit, die du hier leistest, gar nicht so übel. Also das mit diesem Weihnachts-kitsch und so.«

»Heißt das, ich habe die Wette gewonnen?« Ein ehrliches, allumfassendes Grinsen breitete sich auf meinem Gesicht aus.

»Nein.«

Wir standen immer noch vor dem offiziellen Eingang des Adventsmarktes. Ein paar Kinder mit ihren Violinen spielten irgendwas, das ich nicht einmal mit meinen besten Vorstellungskräften als Weihnachtslied hätte enttarnen können. »Nein, hast du nicht. Aber ich gebe zu, dass du …«

»Ein Händchen habe?«, schlug ich vor. »Absolut umwerfend bin in dem, was ich tue? Einfach unfassbar talentiert bin?«

Greg schüttelte leise lachend den Kopf und das Geräusch jagte mir eine Gänsehaut über den Körper.

»Und ich habe Zugang zu all den Herrenhäusern meiner Familie in Schottland. Wenn du möchtest, könnte ich dir die Möglichkeit geben, eines davon zu dekorieren.«

Die Worte blieben mir im Hals stecken, als ich die Bedeutung dessen erfasste, was er gerade angeboten hatte. Er mochte seine Familie nicht sonderlich, war offensichtlich seit einigen Jahren nicht mehr dort gewesen, aber für mich ... würde er nach Schottland reisen, um mir die Möglichkeit zu geben, dass sich einer meiner größten Träume erfüllen könnte? Tränen stiegen mir in die Augen und ich konnte nur nicken, überwältigt von der Großzügigkeit und dem Vertrauen, das er mir entgegenbrachte.

»Du weißt, dass ich jetzt noch härtere Geschütze auffahren werde, damit ich die Wette gewinne?«, erklärte ich. Er zwinkerte mir zu. Eine unschuldige Geste und dennoch eine der sinnlichsten, die ich jemals sehen durfte.

»Ich habs befürchtet.« Lachend schüttelte er leicht den Kopf und streichelte das weiche Fell von Max.

»Also, dann gehts los!« O ja, wir würden so was von durchstarten jetzt. Ich wollte gewinnen. Nein, ich musste gewinnen. Nicht nur, weil Weihnachten das Fest war, das am meisten Liebe verdiente. Nein, auch aus dem Grund, weil ich mir diesen Traum erfüllen wollte.

»Was tun wir?«, fragte er mit einem Glitzern in den Augen, das es schaffte, dass es in meinem Bauch ganz warm wurde.

»Wir gehen jetzt Weihnachtskugeln anmalen!«

Ich fühlte überdeutlich, wie die seltsamen Spannungen unser seltsames Verhalten zwischen uns mit Lichtgeschwindigkeit wieder zunahmen, obwohl wir es gar nicht wollten. Es war greifbar, dass irgendetwas zwischen uns hing und niemand das aussprach. Gefühle schwangen hin und her, und diese hatten nichts mit Weihnachten zu tun, oder mit der Tatsache, dass er ein Adeliger war, der sogar einmal sinnbildlich einen Thron erben würde, obgleich kein Königshaus mehr in Schottland regierte. Zumindest würde das so sein, wenn meine Erinnerungen an das Haus Fraser richtig waren. Unsere Gefühle füreinander wurden somit immer komplizierter. Natürlich hatten Greg und ich niemals darüber gesprochen, was das zwischen uns war ... aber irgendwas *war* es nun einmal, das ließ sich nicht wegdiskutieren. Es war, als ob wir beide in einem Wirbelsturm aus Emotionen gefangen waren, unfähig, klar über unsere Beziehung und unsere Zukunft nachzudenken. Obwohl wir bis vor Kurzem nicht einmal wussten, dass wir eine gemeinsame Bindung hatten. Eine Zukunft, die aufgrund seiner gesellschaftlichen Stellung niemals möglich wäre. Auch wenn er seiner Familie entsagt hatte, dann würden sich seine Wurzeln niemals verleugnen lassen. Blaues Blut floss durch seine Adern.

Nachdenklich betrachtete ich ihn von der Seite.

Aus dem Haus der Frasers.

Und ich hatte ihm ernsthaft gerade gesagt, dass wir Weihnachtskugeln anmalen gehen würden?

O nein. Was genau dachte ich mir dabei?

Und wie konnten zwei Menschen, die sich so sehr mochten, so schwer miteinander umgehen?

KAPITEL 8

Ich sah mich grinsend um. Der Strandkorbzauber strahlte in der frühen Dunkelheit wie ein funkelnder Sternenhimmel. Überall hingen Lichterketten, und der Duft von Glühwein und gebrannten Mandeln erfüllte die Luft. Es war, als ob die ganze Stadt in ein festliches Märchenland verwandelt worden war. Wie immer. Nicht zuletzt, weil ich in diesem Jahr Gregory kennengelernt hatte. Die Mauer, die ich um mein Herz gezogen hatte, begann langsam, aber sicher, zu bröckeln.

Gregory und ich schlenderten zur großen Tanne in der Mitte des Marktplatzes. Wir liefen so nah beieinander, dass sich unsere Jacken berührten. Er lächelte breit und ich liebte es, die kleinen Fältchen um seine Augen zu sehen, wenn er das tat. Außerdem grüßte er Gunnar, der uns begegnete, und Charlotte, die mich nur ansah, als würde sie sich freuen und alles wissen wollen, was hier gerade passierte und sie offensichtlich verpasste. Unser Ziel war ein kleiner Stand, der in rot, grün und weiß mit Zuckerstangen, Zweigen und Kugeln dekoriert war und an dem man Weihnachtskugeln bemalen konnte. Es gab sämtliche Größen und Farben und man durfte auch bei den Anhängern zwischen Silber und Gold entscheiden. Es war eine der Aktivitäten auf meiner Weihnachts-Bucket-List, und ich konnte es kaum erwarten, meine kreativen Fähigkeiten zum Einsatz zu bringen.

»Ich komme jedes Jahr hierher«, erklärte ich ihm, während wir ein paar Kindern zusahen, die sich gerade verausgabten und fangen spielten. Allerdings klebte an deren Händen mehr Farbe als an den Kugeln. Wir sahen uns um und vor dem Stand standen Tische voller glänzender weißer Kugeln und ein Arsenal von bunten Farben. Die Auswahl an Motiven war beinahe endlos, von Schneemännern, Rehkitzen, Tannenbäumen bis zu winterlichen Land-schaften, wurden einem Ideen gegeben.

Dieser kleine Stand war ein wahres Paradies für Kreative. Es war ein magischer Ort, an dem Träume und Fantasien Wirklichkeit werden konnten.

Gregory und ich hatten uns für eine weiße Kugel entschieden, die wir gemeinsam bemalen wollten. Als ich neben ihm Platz nahm, fühlte es sich so an, als wäre das genau mein Platz. An seiner Seite. Ich schüttelte den Kopf, um diesen Gedanken und vor allem dieses Gefühl zu vertreiben, aber das war fast nicht mehr möglich. Allumfassend breitete sich diese Art der Zuneigung in mir aus, die ich immer gescheut hatte. Es brachte nichts mehr. Ich musste mir selbst erlauben, dass ich dabei war, mich in ihn zu verlieben. Greg bemerkte von all dem nichts. Er war bereits vollkommen bei der Sache. Erzählte mir, welches Motiv wir malen sollten. Unsere Köpfe rauchten vor verrückten Ideen, aber schließlich einigten wir uns auf das Bild einer friedlichen Winterlandschaft. Die Kugel sollte ein kleines Dorf inmitten verschneiter Hügel zeigen, die von einer zarten blauen Nacht umhüllt waren. Er erzählte mir, dass dieser Anblick einer war, wie er ihn in Schottland als Kind wahrgenommen hatte.

»Siehst du, du hast also doch eine gute Erinnerung an Weihnachten.« Leicht berührte ich ihn am Arm.

»An Weihnachten vielleicht, nur nicht mit der Familie.« Seine Stimme klang traurig und ich ließ das Thema gut sein. Es brachte nichts, noch mehr alte, verletzende Wunden aufzureißen.

Gemeinsam begannen wir, die Kugel mit einem zarten Blauton zu überziehen, der den Himmel darstellen sollte. Gregory nahm sich einer kleinen Gruppe von Häusern an, die sich in der Mitte der

Kugel befanden. Seine geschickten Hände malten die Konturen der Dächer und Fenster, und ich konnte sehen, wie sehr er sich in die Details vertiefte.

»Ich wollte schon immer Architekt werden.«

»Ahhh, darum so detailverliebt in die Häuser?« Die Kugel war eingespannt in eine spezielle Halterung, wie man sie auch beim Eierbemalen nutzen konnte, und stand direkt vor ihm. Mein Pinsel lag an der Seite. Er merkte es nicht einmal, aber das war Absicht von mir. Ich würde ihm hinterher sagen, dass er die Kugel gemacht hatte. Nicht wir zusammen. Nun, zumindest ich nicht mehr als dieses kleine bisschen Himmel. Ein Stück vom Weihnachtsglück, das würde ich ihm wünschen.

»Ja, ich mochte es, Gebäude und Räume zu entwerfen.«

»Mochtest?«

»Auf der Uni. Ich habe hier in Deutschland studiert. Zweimal. Sprachen und eben Architektur.« Stimmt. Ich vergaß es immer wieder. Er war Schotte. Ein Adeliger. Nicht wie ich, eine kleine Ladenbesitzerin aus einem winzigen Örtchen auf einer Insel. Er musste vermutlich auch nicht arbeiten, sondern würde noch ein drittes Studium durchziehen können, wenn es ihn glücklich machen würde.

»Und mit was verdienst du jetzt dein Geld?«, erkundigte ich mich und rollte innerlich die Augen. Das ging mich nichts an, das war das eine und das andere war, das er vermutlich gar nichts verdienen musste, da er aus einem Königshaus stammte. Einem, von dem ich durch die Klatschheftchen gewusst hätte, wenn es pleite gewesen wäre.

»Ich arbeite als freier Architekt.«

Überrascht drehte ich mich ihm zu. »Okay. Wow.«

»Wieso wirkst du so, als würde dich das überraschen?«

»Ganz ehrlich?« Diese Frage war rhetorisch. »Weil es das tut! Ich meine, du bist ein Adliger. Wieso solltest du arbeiten müssen?«

Er duckte sich leicht, als er bei einem der Häuser Sprossenfenster einzeichnete und dafür zwei verschiedene Brauntöne selbst mischte, weil ihm keiner gut genug war. »Das sieht großartig aus«, lobte ich ihn zwischendrin und versuchte, nicht zu offensichtlich aufgeregt zu klingen. Es war wirklich Wahnsinn, was er hier auf die Beine stellte.

Er lächelte und tauchte seinen Pinsel erneut in die Farbe. »Warte ab, bis du das Innere der Häuser siehst. Das ist der schwierige Teil.« Er lehnte sich kurz zurück und betrachtete die Kugel. »Ich habe dir doch gesagt, dass ich mit diesen Menschen keinen Kontakt habe. Ich rühre das Geld nicht an, das mir zusteht, weil das irgendwann mal in der Erbfolge, damals, als es noch ein Königreich war, festgelegt wurde.« Er zuckte die Schultern. »Ich meine, wieso sollte ich das tun, wenn ich die Art und Weise, wie es beschafft wurde, nicht gutheiße?« Er vertiefte sich wieder.

»Du meinst, das wäre moralisch verwerflich?«

Er lächelte schief, warf mir einen seltsamen Blick zu. »Du bist außergewöhnlich, weißt du das?«

»Ich …«

»Ich meinte damit nicht moralisch verwerflich, wir führen ja keine illegalen Geschäfte oder so was. Aber für mich ist dieser Reichtum geboren aus Hass, Intrigen und Streit. Im Kerninneren … nach außen ist natürlich alles in allerbester Ordnung. Niemals würde da jemandem auch nur das Lächeln aus dem Gesicht rutschen. Nicht einmal nach dem Tod meiner Granny, und glaube mir, sie war der einzig normale Mensch in diesem Schloss.«

»Wie meinst du das?«, fragte ich nach und hoffte, dass ich nicht übergriffig wurde und zu neugierig wirkte.

»Na ja, als meine Granny starb, gab es keine Trauerzeit. Alles lief weiter, wie es eben lief. Während ich in meinem Zimmer saß und mich fragte, wieso uns dort oben«, er deutete gen Himmel, »jemand das nahm, was das Herz unserer Familie war, lachten und tranken meine Eltern und meine zwei jüngeren Brüder auf dem Cricketempfang der royalen Mannschaft bei uns im Garten.«

»Das klingt schrecklich.«

»Das war es.« Er sah mich kurz an. Traurigkeit

flackerte über sein Gesicht. »Und das war der Moment, in dem ich beschloss, dass ich niemals so werden würde.«

»Das war ein guter Beschluss«, urteilte ich vorschnell, obwohl ich keine Ahnung davon hatte. »Entschuldige, das hätte ich nicht sagen sollen.«

»Weißt du, ich bin froh, dass ich nicht so bin.« Er sah mir tief in die Augen. »Sonst wäre ich jetzt nämlich nicht hier. Würde nicht das fühlen, was ich fühle. Nämlich leben. Dann wäre ich innerlich genauso tot wie meine Eltern und meine Brüder. Ich wäre genauso rachsüchtig. Ich wäre vermutlich genauso verbittert und fies. Und nein, so will ich nicht sein.«

»Du bist also eher wie deine Granny?«

»Ja! Der einzig normale Mensch in unserer Familie. Wenn ich nur an meine Cousinen denke …«

»Soll ich fragen?«

»Nein.« Er lachte. »Lass es lieber. Aber du liest Klatschzeitungen?«

»Für mein Leben gern!«

»Dann sag ich dir, die Boulevardblätter wissen längst nicht alles, was die treiben.«

»Ist es denn wahr?«

»Was dort steht?« Seine Stimme klang ruhig und gelassen. »Bei meiner Familie? Jedes noch so unglaubwürdig erscheinende Wort.«

»Wow.« Jetzt lachte ich ebenfalls, denn wenn er

etwas konnte, dann war es erzählen. Spannungsbogen, Mimik und Gestik. Wie er mit seiner Stimme spielte.

Ich fühlte mich bei ihm wohl.

Greg senkte wieder den Kopf und während er sich darauf konzentrierte, die Fenster und Türen mit einem warmen Gelb auszufüllen, setzte ich mich ihm gegenüber und arbeitete am Schnee auf den Hügeln. Mein Pinselstrich war leicht und zart, und ich versuchte, die Illusion von frischem, unberührtem Schnee zu schaffen. Allerdings war ich vielleicht im Dekorieren gut, aber nicht im Zeichnen. Ich biss mir auf die Unterlippe.

»Nicht so hart. Entspann deinen Mund, dann ist dein Körper entspannt und dein Geist.«

»Wie bitte?«

»Ja, glaub mir. Ich habs in Tibet gelernt, als ich drei Monate in einem Kloster verbracht habe. Schweigend.«

»Du warst schon überall auf der Welt, oder?«

»Nein. War ich nicht.«

»Ach so? Wo denn nicht?«

»Hawaii zum Beispiel.«

Ich lachte auf.

»Ich bin noch nie aus Deutschland rausgekommen. Ah, falsch.« Ich hob den Zeigefinger. »Einmal war ich auch in Österreich. In Wien, auf einer Dekorationsmesse.«

»Siehst du.« Seine Stimme klang euphorisch. »In Österreich war ich noch nie!«

Gregory und ich flachsten weiterhin miteinander, neckten uns, weil jeder von uns sicher war, dass er es besser wusste. Die Menschen um uns herum hatten ebenfalls Spaß, schon allein dadurch, dass sie uns bei unserem Geplänkel zuhören konnten. Mir kam der Gedanke, dass ich mich in meinem Leben noch nie so wohlgefühlt hatte wie mit ihm. Er lachte über meine Bemühungen, die perfekte Winterlandschaft zu schaffen, und gab mir Tipps, wie es leichter für mich war. Wir lehnten uns eng aneinander, da er zu mir herübergekommen war, um mir zu helfen. Sein Duft – dieser unvergleichliche Duft, den ich wohl niemals wieder vergessen könnte – stieg mir in die Nase. Plötzlich wurde mir klar, dass sich vermutlich nicht nur seine Weihnachtserinnerungen veränderten, sondern auch meine. Nie wieder würde ich mir hier meine alljährliche Weihnachtskugel auf dem Strandkorbzauber anmalen, ohne an genau diese Momente hier zu denken.

Ein kleiner Junge am Nachbartisch hatte Gregory etwas gefragt, und er legte den Kopf in den Nacken und lachte schallend. Dieses Geräusch brannte sich in meine Seele und diese Erinnerung in mein Herz.

Es waren Augenblicke der Verbundenheit, die uns beide näher zusammenbrachte. Unsere Hände berührten sich sanft, als wir versuchten, die Kugel zu drehen, um an verschiedenen Stellen zu malen. Der Pinsel in meiner Hand zitterte leicht, als unsere Finger sich kurz berührten, und ich spürte die elektrisierende Spannung zwischen uns, die einfach nicht zu ignorieren war. Wie lange würden wir beide es wohl schaffen, diese Ignoranz aufzugeben, und wie lange würde es noch dauern, bis einer ansprach, was offensichtlich zwischen uns war?

Die Tatsache, dass wir uns mochten.

Schließlich waren wir mit unserer Arbeit zufrieden, und die Kugel strahlte in einem klaren Blau, das den Himmel einer winterlichen Nacht perfekt einfing. Die Häuser auf der Kugel sahen aus, als würden sie in einem warmen Licht glitzern, und der Schnee funkelte verlockend.

»Das sieht wirklich toll aus«, sagte Greg leise und betrachtete unser Werk stolz.

Ich lächelte und legte meine Hand auf seine. »Ja, das tut es.« Seine Haut jetzt an meiner zur spüren, weil wir die Handschuhe ausgezogen hatten, um zu malen, machte mich stutzig. Er blickte auf, sah mir in meine Augen. Greg schluckte schwer und hielt mich fest, obwohl diese unschuldige Berührung unserer Finger federleicht war. *Ja!*, schrie es in mir. Ich fühlte das auch, das zwischen uns. Was auch immer es war, es war so intensiv. So einzigartig. So unvorstellbar schön. Wärme wanderte langsam durch meine Adern und breitete sich in jeden Winkel meines Daseins aus.

Unsere Bemühungen hatten nicht nur eine wunderschöne Weihnachtskugel hervorgebracht, sondern auch eine Verbindung zwischen uns gestärkt, die immer tiefer wurde. Dieses Band, das von Anfang an zu spüren war ... es wurde stärker und stärker, webte sich enger und enger. Es fühlte sich nicht im Geringsten wie eine Kette an. Eher wie eine Feder. Es war, als ob wir die Farben der Liebe in dieser winterlichen Nacht nicht nur gemalt, sondern richtiggehend gefühlt hatten.

Und ich konnte es kaum erwarten, zu sehen, wohin uns dieses Abenteuer noch führen würde.

Während ich mich noch auf das zwischen uns konzentrierte, konnte ich diesen wunderschönen, gebrochenen und sich selbst zusammengesetzten Mann offen beobachten. Die Menschen um uns herum begannen zu kichern, weil wir uns anstarrten, als würden wir uns zum ersten Mal sehen. Aber es war auch irgendwie so. Wir *sahen* uns zum ersten Mal.

Greg wurde von Lasse, dem Eishockey Star aus Meeresruh, angesprochen und der Zauber verflog so rasch, wie er gekommen war. Er drehte sich von mir weg und wir standen auf. Ich packte unsere Sachen zusammen und zahlte die Kugel.

Plötzlich rutschte ich auf dem Boden aus, die

Kugel entglitt mir fast. Ich trat einen Schritt nach vorn und drohte zu fallen. Es ging so schnell und ich wusste, gleich würde es wehtun, doch alles, was ich danach fühlte, war Wärme. Und ... Liebe.

In dem Moment, bevor ich auf den Boden prallte, spürte ich Gregorys starke Arme, die mich auffingen und festhielten. Unsere Blicke trafen sich, und für einen Augenblick schien die Zeit stillzustehen. Sein Adamsapfel bewegte sich und er fuhr sich mit der Zunge über die Lippen. Er kämpfte. So wie ich. Und wenn ich ehrlich war, dann sehnte ich mich danach, seine Lippen auf meinen zu spüren. Ich sehnte mich danach, mit den Fingern in sein Haar zu fahren und ihn zu küssen. Unbewusst kam er mir mit dem Kopf entgegen. Er spürte dasselbe. Ich wusste es, aber gerade, bevor sich unsere Lippen berührten, wurde er sich, wie ich auch, unserer Zuschauer bewusst und brachte wieder einige Zentimeter mehr Abstand zwischen uns.

»Danke«, flüsterte ich schließlich heiser, und meine Stimme bebte leicht.

Er lächelte geheimnisvoll und ließ mich langsam auf meine Füße gleiten. »Sei vorsichtig, Eva. Wir wollen keine Unfälle während unseres Abenteuers.«

Mein Herz raste, und ich konnte die Wärme seines Körpers immer noch auf meinen Fingern spüren. Die Anziehung zwischen uns schien mit jedem Moment stärker zu werden, und ich kämpfte gegen das Gefühl an, das mich überkam, auch wenn ich nichts mehr wollte, als in seiner Nähe zu sein.

Es war schwer, dem charmanten Greg Fraser zu widerstehen, besonders in dieser festlichen Umgebung des Strandkorbzaubers. Besonders jetzt, da er seine mürrische Art, welche sich auf die Weihnachtszeit bezog, abgelegt hatte. Die Lichter, die Musik und die Menschen um uns herum schufen eine Atmosphäre der Magie und Romantik, die es noch schwieriger machte, meine Gefühle zu verbergen. Irgendetwas in mir flüsterte, dass es ihm genauso ging und er nicht anders konnte und auch nicht wollte.

Es war, als ob der Weihnachtsmarkt selbst eine Kulisse für unsere Art der Beziehung bildete, die sich mit Lichtgeschwindigkeit entwickelte. Zwischen uns herrschte eine Spannung, die weder von uns beiden ignoriert werden, noch einfach akzeptiert werden konnte. Aber gleichzeitig waren da auch die Unsicherheiten und Ängste, die uns zurückhielten. Wie konnten wir mit diesen überwältigenden Gefühlen umgehen, die zwischen uns aufkeimten? Es hatte keinen Sinn, jetzt irgendetwas Romantisches anzufangen. Denn es war nun einmal Fakt, dass er ein Tourist war. Nach Silvester verließen die Touristen die Insel und sie würden erst im Frühjahr wieder auftauchen. Und nein, ich wollte kein

Urlaubsflirt sein. Ich wollte nicht einfach eine Frau sein, die er kannte und die hier auf Rügen auf ihn warten würde, gefesselt an ihren eigenen Laden, den sie über alles liebte. Ich wollte nicht allein sein, während er die Welt entdeckte.

Das, was ich wollte, war, jemanden an meiner Seite zu haben. Jemanden, mit dem ich gemeinsam die Welt entdecken konnte. Jemanden, der hier genauso glücklich war wie in einer Großstadt.

Jemanden, dem es nicht um den Ort ging, wo er lebte.

Sondern jemanden, dem es darum ging, mit wem er lebte.

Und diese zweite Hälfte des Glücks, diese zweite Hälfte von Yin und Yang, die wollte ich sein.

Ohne irgendeine Ausnahme.

Ich wollte kein Notnagel sein.

Keine Sommerresidenz und kein winterliches Abenteuer.

Ich wollte alles.

Und dummerweise stellte ich gerade fest, als ich diesem unglaublich tiefgründigen Mann in die Augen sah, dass ich es mit ihm wollte.

KAPITEL 9

Unser Weihnachtsmarkt »Strandkorbzauber« leuchtete in all seiner Pracht, als Greg und ich zwischen den festlich geschmückten Buden schlenderten. Der Duft von gebrannten Mandeln und Glühwein, welcher uns schon den ganzen Tag begleitete, wurde jetzt auch noch von der obligatorischen Bratwurst und heißen Maronen untermalt. Die vielen Hundert Lichter der Stände funkelten wie Sterne in der dunklen Adventsnacht. Ich grinste, als ich Lina Karstensens zunickte, die bei ihrem Vater Gunnar am Glühweinkörbchen stand. Mit ihm hatte ich Diskussionen darüber gehabt, wie viele Lichterketten wir anbringen würden. Jetzt, da ich das alles sah, war ich froh, dass ich es geschafft hatte, mich durchzusetzen.

Nachdem wir uns in die Schlange gestellt und uns

einen Becher heißen Glühwein geholt hatten, schüttelte Greg leicht den Kopf.

»An diesem Stand muss man immer anstehen, oder?«

»Ja, er ist einer der beliebtesten Stände auf dem Markt.« Die wärmende Flüssigkeit durchströmte unsere Körper, und wir genossen den Moment der Entspannung. Jeder fand irgendwie wieder ein bisschen zu sich, nach diesem turbulenten Nachmittag, der uns von einer Ecke in die nächste geschleudert hatte und uns unsere Gefühle intensiver wahrnehmen ließ.

Ohne, dass wir darüber sprachen, entschieden wir uns, zu der imposanten Tanne in der Mitte des Marktplatzes zu gehen, die jedes Jahr das Zentrum des Strandkorbzaubers bildete. Die Tanne war mit Hunderten von funkelnden Lichtern geschmückt und strahlte eine fast magische Aura aus. Das zarte Puderzuckerweiß, das auf ihr lag, zog meinen Blick an. Greg und ich stellten uns etwas abseits.

Bevor wir uns einen Glühwein geholt hatten, hatte Greg mich gefragt, ob wir Max ein wenig Ruhe gönnen können und er in meinen Dekoladen dürfe, um sich aufzuwärmen. Für mich war das vollkommen in Ordnung. Aus der Abstellkammer hatte ich ihm eine Decke geholt und ausgebreitet und sofort hatte er sich darauf gekuschelt, als wäre das seine Heimat. Sein Laden. Greg hatte es mit einem Schmunzeln hingenommen, aber nichts dazu gesagt. Mich allerdings ließ das nicht mehr los.

»Meinst du, Max ist einsam in meinem Laden?«

Er nippte gerade an dem heißen Getränk und schüttelte dann den Kopf. »Nein, ich denke, er ist froh, dass er seine Ruhe hat und ein wenig schlafen kann.«

»Ich hatte den Eindruck, dass er sich in dem Laden wohlfühlt und deine Weihnachtsabneigung nicht teilt.« Mein Herz pochte aufgeregt in meiner Brust. Mein Puls beschleunigte sich und Hunderte von Ameisen krochen durch meinen Körper und schafften, dass er kribbelte. »Beinahe könnte man meinen, dass er sich heimisch fühlt.« *Ganz super, Eva. Sehr subtil. Prima gemacht.* Ich schüttelte über mich selbst den Kopf und lenkte ab: »Morgen ist noch eine—«

»Was ist hier los?«, fragte Greg und sah sich um. Als wir an der riesigen Tanne vorbeisahen, bemerkten wir, dass die Menschen um uns herum tuschelten und aufgeregt auf ihre Handys starrten. Verwirrt tauschten Greg und ich einen Blick aus, unsicher darüber, was hier vor sich ging.

»Ich habe keine Ahnung.« Ich wollte gerade mein Telefon aus meiner Jackentasche ziehen, als Charlotte auf mich zukam. Den Blick besorgt. Die Stirn in Falten gelegt. »Was ist passiert?«, fragte ich sie ohne Begrüßung.

»Ihr beiden, ihr müsst etwas sehen«, sagte sie und drückte uns ihr Handy in die Hand.

Auf dem Bildschirm sahen wir ein Foto von Gregory und mir, wie wir bei »*Karstensens Glühweinkörbchen*« standen und lachten. Er strich mir eine Strähne von der Wange und ich erinnerte mich genau daran, wie mich ein Blitz durchzuckt hatte. Wir sahen uns an, als wären wir ein Paar und ehrlich verliebt. Es war ein süßer, intimer Moment, den jemand offensichtlich erwischt hatte. Doch das Bild war nicht das, was uns überraschte. Es war die Überschrift, die das Foto begleitete:

»Der verschollene Prinz ist zurück! Mysteriöses Weihnachtsmarkt-Paar: Wer ist die Frau an seiner Seite?«

Mein Herz schlug schneller, und ich spürte, wie sich eine Mischung aus Verlegenheit und Aufregung in mir ausbreitete. Gregory blickte mich an, und ich konnte sehen, dass auch er von der unerwarteten Aufmerksamkeit überrascht war. Seine Lippen pressten sich zusammen und seine Stirn runzelte sich ebenso wie Charlottes.

»Was zum Teufel?«, flüsterte ich, unfähig, den Blick von dem Bildschirm zu nehmen. Greg starrte das Bild an, als würde er es allein dadurch schaffen, es zu löschen.

Charlotte schüttelte den Kopf. »Ich habe keine Ahnung, wie das passiert ist, aber ihr beiden seid

plötzlich die Hauptattraktion des Weihnachtsmarkts.«
Dann sprach sie Greg an: »Und wie kommen die
drauf, dass du ein Prinz bist?«

»Wer hat das Foto gemacht?« Dunkel und
beinahe knurrend brachte er die Worte hervor.

»Woher soll ich das wissen?«, fragte sie ihn und
zuckte die Schultern. »Ich war nicht mal da, als es
passiert ist.«

»Von wem kann das Foto sein, Eva?«, wandt er
sich nun harsch an mich. Panik lag in seiner Stimme.
Den Blick hebend, stellte ich fest, dass weiterhin
gefühlt ganz Meeresruh die Szenerie ansah.

»Ich weiß es nicht, Greg.« Langsam dämmerte es
mir, wieso er so sauer war. »Dass du nicht nach
Schottland reist, das weiß ich, aber wissen deine
Angehörigen nicht einmal, wo du bist?«

»Ich würde sagen, diese Frage hat sich jetzt erüb-
rigt, oder?«

»Greg«, wisperte ich gebrochen.

Warum hatte jemand ein Foto von uns gemacht
und es dann veröffentlicht?

»Die Frage ist doch eher, was das mit dem
Prinzen soll?«

Sein Blick schnellte nach oben und durchbohrte
Charlotte. »Das findest du jetzt wichtig?« Er klang
abfällig. »Das ist doch völlig egal.«

»Ich finde das nicht egal«, gab sie mit vor der
Brust gekreuzten Armen zurück.

»Hört auf«, flüsterte ich und wusste nicht, wie ich mich verhalten sollte.

»Ich hätte nicht damit gerechnet, dass man mich hier in diesem kleinen Dorf finden würde. Das ist …«

»Du wurdest hier ertappt.«

»Ertappt wird man, wenn man etwas Verbotenes tut.«

»Aber–«

»Ich will einfach nur meine Ruhe vor meiner Familie. Vor allem.« Er wirkte wirklich sauer. »Ich hätte mich niemals auf diesen Quatsch einlassen dürfen. Niemals!«

»Aber–«

»Okay, wir müssen die Situation jetzt irgendwie retten. Mein Vorschlag wäre folgender: Wir trinken aus, verhalten uns weiterhin so, wie wir es tun und lächeln fröhlich, als wäre es nichts Besonderes, dass ich ein adeliger Prinz bin, der als verschollen gilt und als würde sich nicht alle Welt dafür interessieren, wer die Frau an meiner Seite ist.«

Gregory legte nun also seine Hand auf meine Schulter und sagte ruhig: »Eva, lass uns einfach lächeln und winken. Es ist Weihnachten, und wir sind hier, um den Zauber dieser Jahreszeit zu genießen.«

Ich nickte und zwang mich zu einem Lächeln, als die Menschen um uns herum begannen zu applaudieren und zu jubeln. Es war ein unerwarteter Moment der Berühmtheit auf dem Weihnachtsmarkt, der uns beide nach außen hin näher zusammenbrachte, und uns innerlich komplett voneinander trennte, als hätte man das Band zerschnitten, welches zwischen uns war. Ich konnte nicht umhin, mich zu fragen, was als Nächstes auf uns zukommen würde. Wie das mit uns weiterging, und vor allem fragte ich mich, wieso Greg so sauer und aufgewühlt war.

Steif tranken wir unseren Glühwein. Charlotte blieb noch kurz und machte Smalltalk mit Greg und mir. Auch sie hatte keine Ahnung, was hier los war und wieso es so war. Wir beide tappten im Dunkeln. Schließlich entschuldigte sich Gregory mit dem Hinweis, dass er sich um Max kümmern müsste, und bat mich, ihn aus dem Laden zu lassen.

Schweigend gingen wir hinüber. Ich sperrte auf und Max sprang schwanzwedelnd auf, als er Greg sah.

»Komm, mein Junge. Zeit, nach Hause zu gehen.«

Gregory verabschiedete sich nicht von mir, ganz anders als man es von einem Mann mit Anstand erwarten würde. Er ließ mich einfach stehen. Tränen schossen in meine Augen, als ich ihm hinterher sah. Genau das war der Grund, wieso ich es hasste, wenn ich meine Mauern fallen ließ. Irgendjemand kam ja doch und schaffte es, sie zum Einstürzen zu bringen. Während ich mich darum kümmern musste, sie wieder mühsam aufzurichten, wenn ich allein war.

Ich zog mich in die Stille meines Ladens zurück, ging in den hinteren Bereich, in dem ich eine kleine Küche hatte, kochte mir einen Tee und zog meine Jacke aus, da ich mich direkt neben den Heizkörper setzen würde. Nachdem ich es nicht mehr schaffte, diese Leere in mir in irgendeiner Art und Weise abzustellen, griff ich nach meinem Handy und googelte nach ihm.

Hunderttausende von Ergebnissen kamen auf und es fühlte sich nicht richtig an, als ich den ersten Artikel zu lesen begann.

Es fühlte sich nicht so an, als sollte ich das tun.

Deshalb legte ich mein Handy frustriert wieder auf den Tisch. Er hatte sich seinen Hund geschnappt und war einfach gegangen. Nach allem, was wir heute gemeinsam erlebt hatten.

Was war so schlimm daran, dass jemand wusste, wo er sich aufhielt? Was war so schlimm daran, dass jemand ein Foto von uns sah? Wir wussten doch, dass wir kein Paar waren und er sich nur auf der Durchreise befand.

Allein im dunklen Dekoladen sitzend, das warme Licht der Stehlampe und die Wärme der Heizung mich einhüllend. Draußen hatte der Weihnachtsmarkt für diesen Samstagabend seinen Höhepunkt erreicht, während hier drinnen die Stille und Einsamkeit herrschten. Ich konnte die leisen Worte der Menschen auf dem Markt noch durch die geschlossene Tür hören, aber sie schienen weit weg, als würden sie in einer anderen Welt stattfinden. In einer fröhlichen und bunten Welt – und nicht so dunkel, äußerlich kalt und zurückgezogen wie ich momentan.

Die Szene vorhin auf dem Strandkorbzauber hallte in meinem Kopf wider. Ständig lief sie wie ein Film vor mir ab und ich fragte mich, wo genau wir falsch abgebogen waren. Wo genau sich der ganze Tag, ja die ganze Woche gewandelt hatte, und Greg wieder der mürrische und missgelaunte Tourist war, wie zu Beginn unserer Begegnung. Das Foto von Gregory und mir, wie wir lachten und uns ansahen, als wären wir ein verliebtes Paar, hatte mich völlig überrascht. Doch das war nicht das, was mich am meisten beschäftigte. Es war Gregorys Reaktion darauf, die mich verwirrte, die mich atemlos zurückließ. Doch diesmal war es kein gutes, berauschtes Atemlossein. Nein, diesmal war es panisch und verletzend.

Warum war er so aufgebracht? Warum hatte er sich von mir distanziert und war ohne ein Wort des Abschieds gegangen? Ohne mit mir darüber zu sprechen? Ich hatte geglaubt, dass er anders war, dass wir uns kennenlernten. Und vor allem hatte ich geglaubt, dass er ebenfalls dabei war, sich in mich zu verlieben …

Wieder zog ich mein Handy aus meiner Tasche und überlegte, ob ich Greg anrufen sollte, um Klarheit zu bekommen. Doch dann hielt ich inne. Vielleicht war es besser, ihn in Ruhe zu lassen. Vielleicht brauchte er Zeit, um sich zu beruhigen und die Situation zu verarbeiten. In meinen Augen war nichts Schlimmes geschehen. Vielleicht gab es noch etwas, das er mir nicht sagte? Ein Geheimnis. Etwas, von dem ich nichts wissen sollte. Ja, er hatte mir gesagt, dass er seine Familie seit Jahren nicht gesehen hatte, aber ich war davon ausgegangen, er würde mit ihnen sprechen. Er hatte mir gesagt, dass seine Eltern noch lebten und er zwei jüngere Brüder hatte. Vielleicht war es mein Fehler, dass ich ihn wortwörtlich nahm … Nur wie hätte ich denn davon ausgehen sollen, dass er nicht mehr mit seinen Eltern sprach?

Tränen stiegen in meine Augen, obwohl ich es nicht wollte. Ich wollte nicht weinen. Nicht wegen eines Mannes, den ich praktisch nicht kannte. Von dem ich nichts wusste, außer das, was das Internet mir zur Verfügung stellte. Ein Mann, der mich faszinierte und … Jetzt quollen die Tränen doch über. Ein Mann, in den ich mich verliebt hatte, weil ich ihn für etwas Besonderes hielt.

Ich holte tief Luft. Ich sollte akzeptieren, dass er mich stehen gelassen hatte wie ein kleines Mädchen, das sich nichts sehnlicher wünschte als Aufmerksamkeit. Wie sonst konnte ich die bröckelige Mauer um mein Herz wieder reparieren, wenn nicht jetzt sofort und nach der Gewissheit, dass der Kontakt abgebrochen war?

Aber ich konnte nicht anders, als mir Sorgen zu machen. Meine fürsorgliche Art und die Unsicherheit, die nach meiner Vergangenheit mit meinem Ex-Freund auf mich einprasselte, nagten an mir. Hatte ich etwas Falsches gesagt oder getan? Hatte ich ihn verärgert, ohne es zu merken? Wie damals, als dieser Mistkerl mit mir Schluss gemacht und mir gesagt hatte, dass es an mir läge? Ich hatte das Gefühl, dass es zwischen uns noch so viel zu klären gab, aber ich wusste nicht, wie ich anfangen sollte. *Ich kann ihn nicht einfach gehen lassen,* flüsterte mein Herz. Ich sollte mein Herz schützen, aber ich muss das wissen. Ich schaffe es nicht noch einmal mit diesem Schmerz, dass es an mir liegt, zurechtzukommen.

Die Mauern, die ich so sorgfältig um mein Herz errichtet hatte, schienen wieder höher zu werden. Ich hatte gelernt, mich vor Enttäuschungen mit Männern zu schützen, aber gleichzeitig sehnte ich mich nach Nähe und Verbindung. Es war ein innerer Konflikt, der mich quälte. Es waren Dämonen aus alten Zeiten, die in mir tobten und fiese Schattenbilder meiner Erinnerungen an die Wand warfen.

Jakob hatte mich damals betrogen und anschließend mit den Worten verlassen, dass ich selbst daran schuld wäre. Ich hätte mich in sein Leben eingemischt. Ihn ändern wollen. Und noch viel gemeinere und fiesere Dinge.

Eine einzelne Träne lief über meine Wange. Ich hatte Jahre gebraucht, um das zu verarbeiten und einigermaßen zu verkraften, und um darüber hinwegzukommen, dass er derjenige war, der fremdgegangen und durch die Betten auf dem Festland gehüpft war. Es ging nicht um eine Egogeschichte, sondern darum, das ich gutgläubig und blind gewesen war.

Und anscheinend immer noch war.

Während ich in meinen Gedanken versank, hörte ich plötzlich ein Pärchen vor meiner Ladentür streiten, das mich zum Aufschrecken brachte. Die Frau sagte ihm gerade, dass er gehen sollte, wenn er es unbedingt wollte. Dann war Ruhe.

Nein. So durfte man sich doch nicht auseinanderleben? So durfte man doch nicht auseinandergehen. Zudem war das kein respektvoller Umgang miteinander.

Ich war ein Mensch, der natürlich nicht hoffte, dass jemandem etwas passierte, aber wenn doch … dann sollten die letzten Worte, die man zueinander sagte, keine Gemeinen sein. Nein. Das sollte doch nicht passieren. Oder?

Ich zog die Füße auf die Sitzfläche und die Beine nah an meinen Körper. Sollte ich Gregory einfach gehen lassen, weil es das Beste für uns beide war? Oder sollte ich ihn direkt konfrontieren und nach einer Erklärung für sein Verhalten suchen? Vielleicht einen Abschluss finden. Vielleicht für *mich* kämpfen. Mein Herz schlug heftig in meiner Brust und ich spürte die Panik überdeutlich in mir. Nach mehreren tiefen Atemzügen schaffte ich es, mich zu beruhigen.

Ich seufzte tief und lehnte mich gegen den Heizkörper. Die Wärme umhüllte mich wie ein Mantel aus Geborgenheit, der allerdings nicht bis zu mir durchdrang. Innerlich fühlte ich mich kalt und einsam. Gebrochen. Ich zitterte leicht. Ich konnte nur hoffen, dass diese merkwürdige Situation auf dem Weihnachtsmarkt geklärt werden würde und dass ich bald Klarheit über meine Gefühle und Gregs bekommen würde.

Entschlossen und mit einem festen Kloß in der Kehle, zog ich mir wieder die Jacke an, ließ meinen Tee Tee sein und trat durch den Hintereingang nach draußen in die sternenklare Nacht. Ich zitterte, allerdings war das nicht der Kälte geschuldet, sondern der Tatsache, dass ich Angst hatte.

Angst davor, Greg zu verlieren.

Er war erst kurz in meinem Leben, aber das änderte nichts daran, dass ich ihn mochte und mich bei ihm fühlte, als wäre ich vollständig. Als hätte ich einen Hafen, an dem ich ankern kann.

»Du bist verrückt!«, flüsterte ich mir selbst zu. Es war so kalt, dass ich meinen Atem sehen konnte. Bewusst mied ich den Weg direkt an der Hauptstraße, denn dort war es nach wie vor gefüllt mit all den fröhlichen Menschen, die am Strandkorbzauber teilnahmen. Ich schlug also einen alternativen Weg ein und machte mich auf den Weg zur Pension, wo Gregory abgestiegen war. Rudolph, das Schaf, das einem hier in Meeresruh ständig begegnete, stand am anderen Ende der Straße und beobachtete mich. So, als würde es mich auffordern wollen, dass ich weiterging. Einen Fuß vor den anderen.

Die kalte Winterluft schnitt durch meine Jacke, und ich fror, aber das war das Letzte, worüber ich mir Sorgen machte. Wusste ich doch, dass sich diese innerliche Kälte, dieses Gefühl der Angst und der erneuten Ablehnung nicht mit einer weiteren Jacke, einem Schal oder einer Mütze begleichen lassen würden. Meine Gedanken waren ganz bei Gregory und seiner Reaktion auf das Foto, das auf dem Weihnachtsmarkt entstanden war. Es war für mich nicht nachvollziehbar, wieso er dichtmachte und nicht mit mir sprach. Ich hatte wirklich geglaubt, wir hätten Fortschritte gemacht und dass diese mürrische und finstere Art verschwunden gewesen wäre.

Du kannst nicht immer alle retten, Eva. Du bist nicht Mutter Teresa. Du kannst mich nicht retten. Ich will dich nicht. Du bist langweilig. Frag dich doch einmal, wieso ich so zu dir bin! Diverse – Hunderte – Sätze und Gesprächsfetzen, die Jakob mir an den Kopf geworfen hatte, nisteten sich wie Parasiten in mein Gehirn ein. Denn all diese Sätze flüsterten mir eins zu: *Du bist nicht genug.*

Ich fuhr mir durch mein Haar, versuchte die aufkeimende Panik, dass sich nun alles wiederholen würde, dass ich wieder nicht genug war, zu unterdrücken. Als ich schließlich die Tür zur Pension öffnete, spürte ich, wie mein Herz zu rasen begann. Ich wusste nicht, was mich erwarten würde, aber ich war fest entschlossen, Klarheit zu bekommen. Gregory hatte sich einfach abgewandt, als ob er vor etwas davonlaufen würde, und das konnte ich nicht so hinnehmen. Wenn er mir entgegenschleuderte, dass es an mir lag, na gut, dann war es eben so. Auch wenn mich das zerstörte und Gregory vermutlich heilen würde, weil er die Wahrheit gesagt hatte. *Du bist nicht genug.*

An der Rezeption, die nicht besetzt war, studierte ich die acht Fächer für die acht Zimmer, die es hier gab. Es war so still, dass ich ganz leise das Meer rauschen hören konnte. Okay, bis auf einen Schlüssel waren alle an ihrem Haken. Sicher waren die Gäste noch auf dem Weihnachtsmarkt. Wie jede noch so kleine Pension auf der Insel war auch diese ausgebucht. Zimmer 3. Ich sah mich um und wusste, dass Gunnar akribisch genau war. Er hatte an die Wand geschrieben, welche der vier Zimmer sich im Haupthaus und welche sich im Nebengebäude befanden. Ich biss mir auf die Unterlippe, als ich die altertümlichen, knarzenden Stufen nach oben stieg, nur um vor dem Zimmer mit der geschwungenen 3 Herzflattern zu bekommen.

Sollte sich unser örtlicher Doktor noch einmal beschweren, dass ich einen zu niedrigen Puls hatte, dann würde ich vermutlich zu lachen anfangen.

Als Greg die Tür öffnete, sah ich, dass er die Hände zu Fäusten geballt hatte. Sein Gesicht war rot vor Wut und sein Blick war finster. Er wirkte nicht nur aufgebracht, er war es offensichtlich extrem. Mühsam kontrolliert wies er Max an, dass er im Körbchen bleiben sollte und wie immer hörte der Hund sofort.

»Können wir reden?«, fragte ich leise, während ich auf seiner Türschwelle stand und er mich anstarrte, als wäre ich das Übel von allem. Nach einer gefühlten Ewigkeit nickte er, trat zur Seite und ließ mich in sein Zimmer. Das Geräusch der sich schließenden Tür war für mich ohrenbetäubend laut. Niemand sprach. Niemand bewegte sich. Ich blieb an der Tür stehen, nicht, weil ich Angst vor ihm hatte, sondern weil ich Angst davor hatte, dass ich zusammenbrechen würde. Wie schnell konnte etwas so intensiv werden, dass es einem die Luft zum Atmen nahm?

Er starrte mich an, und ich konnte sehen, dass seine Augen vor Zorn funkelten. Dieses schöne, sanfte

Braun mit den grünen Sprenkeln loderte wie ein Feuer. »Was gibt es zu besprechen, Eva? Du hast alles gesehen, oder nicht?«

Ich presste meine Fingernägel in meine Hand und blieb neben der Tür stehen. »Ja, ich habe das Foto gesehen, aber ich verstehe nicht, warum du so reagierst. Warum bist du einfach abgehauen, ohne ein Wort zu sagen?« Greg stieß einen verächtlichen Laut aus. »Hat dir … hat dir die letzte Woche nichts bedeutet?« Er sah mich kurz an, schüttelte den Kopf. Max schlief in seinem Hundebettchen, das er unter dem Fenster platziert hatte.

Gregory begann, auf und ab zu gehen, seine Hände ballten und entspannten sich immer wieder, fuhren in seine Haare, zogen daran. Sein Shirt rutschte dadurch ein klein wenig hoch und mein Blick wurde auf den Streifen nackter Haut gelenkt. »Du verstehst nicht, Eva. Du *kannst* es nicht verstehen.«

»Versuch zumindest, es mir zu erklären«, bat ich leise. Ich hasste es, wie defensiv meine Stimme in dem Moment klang. Wie schwach. *Du bist nicht genug.* Meine inneren Dämonen ergriffen von mir Besitz und Schattenbilder der Vergangenheit wurden wieder heraufbeschworen. Jeder hatte mit seinen eigenen Erinnerungen zu kämpfen. Die wenigsten verrieten ihren wunden Punkt so schnell wie ihre Lieblingslebkuchensorte.

Er atmete tief durch, als ob er nach den richtigen Worten suchte. »Ich kann das nicht, Eva.« Er klang gebrochen, aufgebracht und unfassbar wütend. Mir dämmerte, dass er womöglich wütend auf sich selbst war, nicht auf mich. »Ich kann es dir nicht sagen.«

»Was meinst du damit, ich darf das nicht wissen?«

Er drehte sich zu mir um, und sein Blick war voller Verzweiflung. Jeder Muskel in seinem Körper war angespannt. »Weil es zu gefährlich ist, Eva.«

Er schüttelte den Kopf, seine Augen flackerten vor lauter Emotionen. Allerdings spiegelte sich nichts davon auf seinem Gesicht wider. »Du hast keine Ahnung, Eva. Du kannst nicht verstehen, was auf dem Spiel steht.«

»Warum? Warum behandelst du mich, als wäre ich ein Kind, das man vor der Wahrheit schützen muss?« Ich schüttelte den Kopf. »Ich bin erwachsen und durchaus in der Lage, selbst zu entscheiden, was ich verkraften kann und was nicht.« *Du bist nicht genug.* Meine Ängste verspotteten mich.

Plötzlich kam Leben in ihn. Er explodierte beinahe vor lauter Gefühlen. »Arrgggg! Weil ich der Thronfolger bin, Eva! Ich bin der verfluchte Prinz, und sie werden mich nach Hause holen, sobald sie wissen, wo ich bin!« Er tigerte auf und ab. Die Luft um uns herum flirrte, war zum Zerreißen gespannt. »Und dabei ist es auch völlig egal, wie alt ich bin.«

Alle Kraft wich aus seinem angespannten Körper und er setzte sich auf sein Bett.

Ich starrte ihn fassungslos an. »Thronfolger und nach Hause holen? Was redest du da?«

Greg fuhr sich mit den Händen durch das Haar und schien sich selbst nicht zu glauben, was er gerade gesagt hatte. Seine Stimme war nun leise, als er sprach: »Es ist wahr, Eva. Ich komme aus einer königlichen Familie, und sie werden mich zurückholen, damit ich den Platz meines Vaters einnehme. Ja, er lebt noch, aber er ist alt und irgendjemand muss seinen Platz im Parlament einnehmen und den Platz als Oberhaupt der Familie. Ich weiß, dass wir nicht mehr im sechzehnten Jahrhundert leben, aber es bringt nicht nur Vorteile mit sich, wenn man aus einer adeligen Familie ist. Vielleicht reagiere ich deshalb so darauf. Sie wussten nicht, wo ich bin. An mein Handy gehe ich nicht, wenn ich nicht möchte. Und jetzt … wissen sie, wo ich bin.«

»Aber du kannst doch nicht ewig davonlaufen.« All meinen Mut zusammennehmend lief ich zu ihm rüber und kniete mich vor ihn. Ich nahm seine großen, warmen Hände in meine. »So ein rastloses Leben, das kannst du doch nicht wollen.«

»Nein, will ich auch nicht. Aber wieder eingesperrt in dieser Familie zu sein noch weniger.«

Die Worte hallten in meinem Kopf wider, und ich konnte nicht fassen, was ich gerade alles gehört hatte.

Gregory war ein Prinz, okay. Und seine Familie wollte ihn zurückholen, um den Thron zu besteigen, den es praktisch nicht mehr gab, weil nicht die Königsfamilie regierte. Es fühlte sich an wie eine Szene aus einem Märchen, aber ich wusste, dass es für Gregory nichts Märchenhaftes an dieser Situation gab.

»Greg …« Mir fehlten die Worte. »Das ist … das ist unglaublich. Aber warum hast du mir das nicht früher gesagt? Warum hast du dich vor mir versteckt?«

»Ich habe mich nicht versteckt.« Er klang ironisch. »Das ist doch das Problem an der Sache.«

Verstehend hob ich eine Braue und nickte leicht.

»Das Problem ist, dass ich … ich kann das nicht!« Er verschloss sich wieder. »Wir sind aus völlig unterschiedlichen Welten. Und das ist gut so.« Sein Blick wurde traurig. »Glaube mir, wenn ich dir sage, du bist viel zu gut für diese Aasgeier!«

Einem Impuls folgend legte ich meine Hand auf seine Wange. »Gregory, ich bin nicht hier, um den Schwanz einzuziehen, wenn es schwierig wird.« *Kämpfe, Eva, kämpfe.* »Ich bin hier, um bei dir zu sein, egal was passiert. Lass uns gemeinsam einen Weg finden, mit deiner Vergangenheit umzugehen und deine Zukunft zu ordnen.« Ich erkannte genau den Moment, in dem er sich vor mir verschloss und dichtmachte. Den Augenblick, als er sich innerlich von mir verabschiedete. »Gregory!«, versuchte ich es wieder. Da war sie also, die bettelnde Eva, die Jakob damals gemeint hatte. »Bitte.«

Er schloss gequält die Augen und lehnte sich kurz in meine Berührung, ehe er nach meinen Handgelenken griff und meine Hände von seinem schönen Gesicht zog. »Eva, du verstehst nicht, wie gefährlich das ist. Was das bedeutet. Ich kann das nicht. Dein und mein Leben sind vollkommen unterschiedlich. Du unterschätzt dieses Haifischbecken. Du ... du unterschätzt mich.«

Du bist nicht genug.

»Aber das, was wir hier haben ...«, brachte ich mühsam hervor. »Das Eislaufen, das Kugeln anmalen, Plätzchen backen ... unser Besuch morgen im Altenheim ...« Ich stammelte vor mich hin. Keine Ahnung, wie ich es schaffte, aber ich kam irgendwie auf die Beine und konnte mich sogar aufrecht halten. Mein Blick verengte sich, mein Herz schlug ruhiger, langsamer. *Du bist nicht genug.*

»Es war schön ... Betrachte die Wette als gewonnen.«

»Aber—«

»Es wird jemand Kontakt zu dir aufnehmen wegen des Wetteinsatzes.«

»Aber—«

»Lass mich jetzt bitte allein, Eva. Das hier betrifft

nicht dich, sondern nur mich. Ich muss das klären. Es war schön.«

Sprachlos starrte ich ihn an. Diesen wunderschönen, resignierenden Mann. Er wirkte traurig und verletzt.

Ich schaffte es nicht, zu nicken. Schaffte es nicht, einen klaren Gedanken zu fassen. Ich schaffte nichts von alldem, was ich geglaubt hatte, mir die Jahre über aufgebaut zu haben.

Alles, was ich hörte, alles, was ich fühlte, war:

Du bist nicht genug.

Wieder.

KAPITEL 10

In dieser Nacht schlief ich nicht.

Zudem hatte ich keine Ahnung, wie ich nach Hause gekommen war. Ich wusste nur, dass ich mich in Gregory Fraser verliebt hatte und nicht wahrhaben wollte, dass er gebrochen und einsam vor sich hinlebte.

Ein einsamer Krieger, der verbittert nach Meeresruh gekommen war, und ich hatte es geschafft, dass er mich seine Mauern einreißen ließ … und es nur noch schlimmer gemacht hatte, obwohl meine Intention eine gute gewesen war. Langsam lief ich am Strand entlang und ja, natürlich war mir bewusst, wie verrückt das war. Allerdings befürchtete ich, ansonsten durchzudrehen. Das Meer und der Strand schafften es, mich zu erden. Die kalte Winterluft umhüllte mich, als ich über eine Düne schlenderte.

Das bisschen Schnee zusammen mit dem Sand knirschte unter meinen Stiefeln, und ich versuchte, meine Gedanken zu ordnen. Es war ein kalter, klarer Morgen, und die Sonne versuchte, sich durch die Wolken zu kämpfen, als ob sie mir Trost spenden wollte. Aber nichts konnte die Leere in meinem Herzen füllen, die sich seit meiner Konfrontation mit Greg ausgebreitet hatte. Ich war nicht genug. Kaum zu glauben, denn ich wollte es nicht wahrhaben, aber genau das war es wieder, was ich gerade lernte. Ich war nicht genug. Nicht ausreichend. Nicht genug, dass man überhaupt etwas Festes mit mir versuchte.

Ich hatte gehofft, dass unser Gespräch in der Pension die Dinge klären würde, dass wir eine Möglichkeit finden würden, mit seiner komplizierten Vergangenheit und dieser offensichtlich verdrehten Zukunft umzugehen. Stattdessen hatte er mich zurückgewiesen, mir klargemacht, dass er mich in Gefahr sah und dass er mich lieber aufgab. Dass er uns aufgab. Obwohl es vielleicht kein – noch kein – richtiges uns gegeben hatte.

Und jetzt, allein mit meinen Gedanken, den Blick auf die Weite des Meeres gerichtet, fixiert auf die Stelle, an der sich das Wasser und der Horizont küssten, wurde mir bewusst, dass ich mich in diesen, thronfolgenden Schotten verliebt hatte. Es war kein plötzlicher, überwältigender Moment gewesen, sondern etwas, das sich langsam, leise und unaufhaltsam in mein Herz geschlichen hatte. Sein Lächeln, seine Berührungen, seine Art, die Welt zu sehen – all das hatte sich tief in mir verwurzelt. Jedes Gespräch war in meinem Kopf abgespeichert. Jedes Lachen, jeder Gesichtsausdruck von den schlechten, über skeptische, bis zu den abweisenden und natürlich waren da auch die liebevollen in mein Herz gebrannt.

Aber er konnte oder wollte nicht dasselbe für mich empfinden. Sein Fokus lag auf seiner Vergangenheit, auf der Gefahr, die ihm drohte, und auf der Verantwortung, die er trug. Tragen musste, aber nicht wollte. Ich als normale Person verstand nicht, wieso er nicht einfach sagen konnte, dass er den Thron nicht wollte, dass er sich davon lossagte. Schließlich hatte er auch noch Geschwister. Mir dämmerte, dass der Weihnachtshass einfach nur die Spitze des sprichwörtlichen Eisberges war. Und obwohl ich das alles verstand, konnte ich den Schmerz nicht ignorieren, den seine Zurückweisung in mir ausgelöst hatte.

Ich blieb stehen und starrte auf das funkelnde Meer hinaus. Die Wellen brachen sanft am Ufer, und das Rauschen des Wassers hatte etwas Beruhigendes. Aber mein Herz war alles andere als ruhig.

Weihnachten hatte immer eine besondere Bedeutung für mich gehabt, und der Gedanke, diese Zeit des Jahres mit Gregory erleben zu dürfen und bald … wieder ohne ihn zu verbringen, schmerzte mich. Es fühlte sich wie ein Dorn in meinem Herzen an, der sich immer tiefer, mit jedem Atemzug weiter, hineinbohrte. Ich hatte mir gewünscht, gemeinsam mit ihm all die festlichen Aktivitäten zu erleben, die ich so liebte: das Dekorieren, das Plätzchen backen, das Eislaufen auf dem extra angelegten Platz.

Aber jetzt schien dieser Traum unerreichbar, und ich konnte nicht anders, als den Verlust zu spüren. Er mochte Weihnachten nicht, und das würde sich nicht ändern, egal wie sehr ich es mir wünschte.

Heute war noch der Brunch im Altenheim, bei dem wir eigentlich eingeteilt waren, doch ich war mir sicher, dass er nicht kommen würde.

Die Tränen, die ich bisher zurückgehalten hatte, stiegen plötzlich in meine Augen, und ich ließ sie fließen. Der Schmerz war überwältigend, und ich fühlte mich verloren.

Fakt war, dass ich mich schon intensiver und näher an Gregory Fraser gebunden fühlte als an jeden anderen Menschen in meinem Leben. Gemeinsam verbrachte Zeit spielte keine Rolle. Es spielte eine Rolle, wie intensiv man diese Zeiten erlebte.

Ich wusste nicht, wie es weitergehen sollte, wie ich es schaffen sollte, das alles ohne ihn zu machen, zu erleben und nicht bei jeder Kleinigkeit an ihn zu denken. Aber eines stand fest: Ich konnte meine Gefühle für Gregory nicht einfach abschalten. Und auch wenn er Weihnachten nicht mochte, würde diese Jahreszeit für mich immer mit ihm verbunden sein, mit all den Erinnerungen an unsere gemeinsamen Erlebnisse.

Mit einem tiefen Seufzer putzte ich mir die Nase, wandte mich um und machte mich auf den Heimweg. Das Schnee-Sandgemisch unter meinen Stiefeln knirschte weiter. Meine Gedanken waren bei Gregory, bei all den verlorenen Träumen und bei der Liebe, die trotz allem in meinem Herzen brannte und darauf wartete, dass er sie annahm.

Vielleicht sollte ich mich damit abfinden, dass das womöglich nicht mehr passierte. Vielleicht war er schon auf dem Weg nach Hause, zurück nach Schottland. Ein leichter Anflug von Panik überkam mich, aber ich kämpfte dagegen an, den Weg zur Pension einzuschlagen. Ihm einmal nachzulaufen und alles wieder in die richtigen Bahnen zu lenken, war in Ordnung ... es aber jetzt wieder zu tun, war es nicht. *Mach dich nicht lächerlich!* Mein Kopf spielte mir Streiche, dass ich Erinnerungen von Jakob verarbeiten musste und dabei auch meine gequälte Seele mit Greg verarbeiten musste.

Wie viel Schmerz konnte ein Mensch aushalten, ehe er zusammenbrach?

Ich wusste es nicht, aber ich wusste, dass ich die Menschen im Altenheim noch nie hängen gelassen hatte und heute sicher nicht damit anfangen würde.

Nachdem ich zu Hause duschen war, mich angezogen und alles erledigt hatte, was man eben so machen musste, wenn man allein lebte, versuchte ich meine Weihnachtsstimmung wiederzufinden. Eigentlich hätte ich gern einen riesigen Pott Glühwein getrunken, tat es aber nicht, da sonst der Nachmittagsbrunch wohl ins Wasser fallen würde. Wieso die Bewohner es Brunch nannten, verstand ich sowieso nicht, da ein Brunch für mich am Vormittag war.

Nachdem ich bis zur letzten Minute zu Hause gewartet hatte und mein Klein-Mädchen-Ich immer noch hoffte, dass Greg auftauchen würde, machte ich mich schließlich auf den Weg zum Altenheim.

Die warmen Strahlen der Nachmittagssonne fielen durch die großen Fenster des Gebäudes und tauchten den Raum in ein sanftes goldenes Licht. Es war das mit Abstand schönste Winterwetter, das es geben konnte. Ich stand an einem der langen Tische, auf dem ein frisch gebackener Apfelkuchen dampfte und verführerisch roch. Mit einer Schürze, auf der in Rot »Falalalala« stand, und einem gezwungenen Lächeln auf den Lippen, schnitt ich behutsam Stücke des duftenden Kuchens ab und platzierte sie auf kleinen Tellerchen. Ich wusste aus vergangenen Jahren, dass die Senioren lieber kleinere Stücke haben wollten statt große. Sie sagten immer, sie wollen alles probieren.

Die Heimbewohner saßen erwartungsvoll auf ihren Plätzen, die Augen leuchteten vor Vorfreude. Die Violinenklasse, die später auf dem Weihnachtsmarkt spielen würde, war auch hier zu Besuch und untermalte die Szenerie musikalisch. Nun ja, es klang in meinen Ohren wirklich fies, aber den anwesenden Damen und Herren gefiel es. Margot tupfte auf den Kuchen einen Klecks Sahne und Annchen schoss Fotos für ihre diversen Social Media Kanäle. Ein Gedanke durchfuhr mich. Was, wenn sie das Bild von Greg und mir irgendwo hochgeladen und sich dann jemand geschnappt hatte, damit er eine Story daraus machen konnte? Hastig schob ich den Gedanken beiseite. Wenn das wirklich so gewesen war, und das würde ich nachher sofort überprüfen, dann war es nicht Annchens Schuld. Langsam und konzentriert schnitt ich weiter. Der Apfelkuchen war zu einem festen Bestandteil unserer Besuche geworden, und ich liebte es, die strahlenden Gesichter der Senioren zu sehen, wenn sie den ersten Bissen nahmen.

In diesem Moment hörte ich das leise Klappern der Eingangstür, und als ich aufschaute, stockte mir der Atem. Dort stand Gregory, sein müdes Gesicht gezeichnet von den Strapazen der letzten Nacht. Seine Augenringe waren tiefer als je zuvor, und sein Blick war ausdruckslos. Er hatte offenbar auch nicht geschlafen. Mein Herz schlug schneller, denn er war hier. Das lange Messer, das ich nutzte, um den Kuchen zu schneiden, war vorübergehend vergessen, als er langsam, mit langen zielstrebigen Schritten auf mich zukam. Margot begrüßte ihn und er lächelte sie an. Ein Blitz aus Eifersucht durchzuckte mich, denn ich hätte gern, dass er mich auch so ansah. Wieder. So wie … vor vierundzwanzig Stunden.

Er seufzte leise, seine Brust hob und senkte sich schwer. Das erkannte ich unter dem blauweißen Norweger Pulli, den er heute trug und der seine Augen – obwohl sie leer aussahen – noch mehr betonte. Nach wie vor sprach er nicht, allerdings strich er sich mit einer Hand durch das Haar, das zerzaust wirkte. »Ich habe die ganze Nacht über recherchiert und versucht, mehr über meine Familie und die Hintergründe zu erfahren, denn es gibt noch so viele Dinge, von denen selbst ich nichts wusste. Es ist kompliziert, Eva. Sehr kompliziert«, brach er das Schweigen.

Ich konnte nicht anders, als einfach nur zu nicken. »Margot? Ich bin gleich wieder da«, ließ ich sie wissen, legte sanft eine Hand auf seinen Arm und fühlte die Erschöpfung, die von ihm ausging. »Komm, setz dich erst einmal. Du brauchst eine Pause.« Schnell korrigierte ich mich, nicht, dass er sich wieder bevormundet fühlen würde. »Also, ich würde sie brauchen, wenn ich so aussähe wie du.«

Gregory ließ sich auf einen der Stühle hinter dem Buffet sinken, und ich holte ihm einen Teller mit Apfelkuchen. Er aß eine Gabel, aber seine Gedanken schienen weit weg zu sein. Ich konnte die Last spüren, die auf seinen Schultern lag. »Das schmeckt gut.«

»Ich weiß, er ist aus dem Café um die Ecke.« Nervös knetete ich meine Hände. Was taten wir hier? Small Talk?

Wir waren umgeben von den lebhaften Gesprächen der Bewohner des Altenheims, die den Apfelkuchen genossen, zu Obstsalat griffen, sich Lebkuchen stibitzten und Punsch tranken, während sie dabei ihre Erinnerungen teilten. Aber für uns beide hatte die Welt gerade stillgestanden.

Schließlich seufzte Greg erneut und sah mich an, seine Augen suchend und verzweifelt. »Eva, ich habe so viel herausgefunden, und das ändert alles. Ich kann einfach nicht so weitermachen wie bisher.«

Ich legte meine Hand auf seine, und ihre Wärme schien ihm ein bisschen Trost zu spenden. »Kann es denn überhaupt noch schlimmer werden als gestern Abend?«, flüsterte ich. Gebrochen. Verletzt. Einsam und traurig.

Sein Blick traf meinen, und in seinen Augen konnte ich eine Mischung aus Angst, Wut und Unsicherheit erkennen. »Ich bin der Thronfolger, Eva. Der Thronfolger meines Landes. Sie wissen jetzt, wo ich bin. Und das bedeutet, dass ich besser nach

Hause gehe, ehe sie herkommen. Das willst du nicht, glaube mir. Meine Familie ist nicht so, wie deine Eltern waren. In meiner Welt, die ich nie wiederhaben wollte, regieren Geld und Macht. Nicht …« Er wurde leise und mein Herz noch schwerer. »Nicht Gefühle oder gar Liebe. Von Magie zur Weihnachtszeit sind wir weit entfernt.«

Mein Herz setzte einen Schlag aus, und ich konnte kaum fassen, was er gesagt hatte.

»Und was bedeutet das für … uns?«, fragte ich ruhig und war stolz auf mich, wie tapfer ich klang. »Gibt es ein uns?« Ich blickte auf und sah ihm in die Augen. »Hätte es ein uns geben können?«

Er schloss die Augen für einen Moment, als würde er nach den richtigen Worten suchen. Enttäuschung flutete mich, als er nicht darauf einging. »Es bedeutet, dass ich zurückkehren muss, Eva. Zurück in mein Land, zu meiner Familie. Ich kann nicht länger hierbleiben. Ganz gleich, ob es mich glücklich macht oder eben nicht.« Er wirkte verzweifelt. »Ganz gleich, ob ich es will oder nicht.«

Tränen stiegen in meine Augen, und ich kämpfte darum, sie zurückzuhalten. Die Welt schien sich gerade auf den Kopf zu stellen, und ich wusste nicht, wie ich mit dieser Nachricht umgehen sollte. »Ich will nicht, dass du gehst.«

»Weil wir dann keinen Wettgewinner haben?«,

wisperte er und es war das erste Mal, seit das alles passiert war, dass ich ihn lächeln sah.

»Darum geht es nicht. Die Wette ist mir egal.«

Gregorys Blick war wieder hart und voller Qual, als er mich ansah. »Ich verstehe, wenn du sauer auf mich bist, Eva. Ich habe dich in all das hineingezogen, und das war nie meine Absicht. Aber ich kann nicht einfach verschwinden, ohne dir zu sagen, warum.« Nun räusperte er sich. »Es wäre nicht fair, mit deinen offensichtlichen Gefühlen zu spielen und dich in der Luft hängen zu lassen.«

»Natürlich nicht«, antwortete ich mechanisch. Alles, was bei mir ankam, war: *Du bist nicht genug.*

D ie Worte versickerten in der Stille des Raumes, während um uns herum der Zauber von Weihnachten zu spüren war. In diesem Moment war unsere eigene Geschichte auf eine Art und Weise mit der Welt draußen verwoben, die ich nie für möglich gehalten hätte.

Ich blickte auf den Rest Apfelkuchen, der auf dem Teller vor ihm lag, und dachte an all die unerfüllten Träume und Wünsche, die in diesem Moment in Gefahr waren. Aber vor allem dachte ich daran, dass das hier, was auch immer das zwischen uns war, nun endete.

»Ich will das nicht«, sagte er plötzlich und griff

nach meiner Hand. »Grundgütiger, ich will das nicht und ich kann das nicht!«

»Wir werden einen Weg finden, damit umzugehen, Greg«, flüsterte ich schließlich. »Gemeinsam.« Ich legte meine Hand an seine Wange. »Lass es uns versuchen.« Ja, vielleicht war das erbärmlich, dass ich schon wieder bettelte, aber ich konnte doch nicht die Liebe meines Lebens gehen lassen, nur weil es schwierig wurde? Nur weil das zwischen uns, sein Leben und auch meins, anders war? Nein! Das wollte ich nicht. Ich wollte stark sein und kämpfen.

»Ich weiß keine Lösung«, murmelte er, heftete den Blick auf meinen Mund und sah mich hungrig an. »Aber die werden wir brauchen.«

»Und wir werden sie finden.«

»Eva?«, rief Margot in meine Richtung. »Ich glaube, ich brauche hier Hilfe. Tut mir leid.«

»Schon gut. Ich komme«, antwortete ich ihr und zum ersten Mal seit vielen Stunden wurde mir leichter ums Herz.

»Und ich begleite dich. Vielleicht fällt mir etwas ein, wenn du mich zwingst, die Bucket-List zu Ende zu bringen.«

»Wenn ich dich erinnern darf, Greg«, sagte ich und war nun überzeugt, dass wir es irgendwie hinkriegen würden. »Hast du gestern Abend schon zugegeben, dass meine Weihnachtsmagie bei dir gewirkt hat.«

Er sah mich an und lachte aus vollem Herzen und ich war mir sicher, irgendwie, irgendwann, würden wir es schaffen, dass wir unsere Leichtigkeit zurückbekamen.

»Es gibt so viel, das ich dir sagen will«, flüsterte er in mein Ohr und sein herber Geruch stieg mir in die Nase. »Was ich dir … zeigen will.«

Überdeutlich fühlte ich, wie meine Wangen heiß wurden und brannten.

»Eva!«, kam es wieder von Margot.

»Ich befürchte, mein schottischer Prinz, das muss nun warten.«

Er lächelte mich an und folgte mir, damit wir weiterhin ein tolles Essen auf den Tisch zaubern konnten.

Das Gefühl, das alles irgendwie werden würde, keimte in mir. Ich hoffte es, denn wieder spürte ich, wie sehr ich ihn mochte und dass ich es mir ohne ihn, auch wenn wir uns erst kurz kannten, nicht vorstellen wollte.

KAPITEL 11

Die Nacht war klar und sternengesprenkelt, und der Winterwind trug eine leichte Kühle mit sich. Gregory und ich liefen die Stufen des Altenheims hinunter. Drinnen tobte noch das normale Leben, aber es wurde schon ruhiger. Für mich war das Schönste, wenn ich andere Menschen glücklich machen konnte, und wir hatten heute, wie jedes Jahr, mit diesem Brunch unzählige Menschen glücklich gemacht. Ihnen ein Stück vom Himmel gegeben, auch wenn ihre Dunkelheit immer näher rückte, strahlten sie alle heute hell. Greg war bei uns geblieben. Hatte mitgeholfen, hatte Suppe auf die Teller gefüllt und das Buffet mit den Köstlichkeiten, die die Bewohner von Meeresruh immer wieder nachbrachten, aufgefüllt. Er war charmant und als ich ihn mit Liebe betrachtete, zog sich mein

Herz zusammen, weil ich mir wirklich wünschte, dass er zu mir gehören würde. Ich wollte sagen, nein, über das Meer hinaus schreien können, dass wir beide ein Paar waren. Dass wir uns liebten und dass ich nicht mehr ohne ihn sein wollte. Nicht einen Herzschlag lang. Nicht einen Augenblick. Aber er hatte nicht mit einem Wort erwähnt, ob er zurückgehen würde oder nicht.

Ich seufzte tief, als wir umgeben von der Stille der Dunkelheit in Richtung des Adventsmarktes liefen. Ehe der Strandkorbzauber für dieses Jahr Geschichte war, wollte ich ihm noch eine allerletzte Sache zeigen. Bevor es vorbei war und somit auch die Magie, die zwischen uns war, eine andere, wenig weihnachtliche Dynamik finden würde.

Schweigend starrten wir gemeinsam in den Himmel, während unsere Gedanken und Gefühle im Einklang miteinander zu verschmelzen schienen. Natürlich redete ich mir das ein, denn ich konnte ja nicht wissen, was er dachte und wie er sich fühlte. Ich konnte nicht wissen, ob seine Worte, dass er nicht von mir wegwollte, der Wahrheit entsprachen. Aber ich wollte, dass es so war. Ich wollte, dass alles gut werden würde.

Der Wunsch in mir wurde übermächtig.

Wenn Greg gehen würde, wie sollte ich dann weitermachen? Wie *konnte* das Chaos in mir wieder aufgeräumt werden?

Der Moment der Wahrheit war gekommen, ein Augenblick, den wir beide nicht mehr länger verdrängen durften.

»Greg«, begann ich leise, meine Stimme kaum mehr als ein Flüstern in der Nacht. »Ich verstehe, was du mir gesagt hast, und ich weiß, wie wichtig deine Familie und deine Verantwortung für dein Land sind.«

Er senkte den Blick, als könnte er meinen Worten nicht länger standhalten. »Eva, ich habe so viele Nächte damit verbracht, darüber nachzudenken, was ich tun soll. Mein ganzes Leben lang wollte ich da raus. Immer. Ich hatte das Pech, auch wenn das viele Menschen anders sehen würden, dass ich in eine Familie geboren wurde, die diese Last, diese unendliche Bürde zu tragen hat.« Tief holte er Luft und es hörte sich wirklich so an, als hätte er mit allem alleine zu kämpfen. »Aber es gibt etwas, das du wissen musst.«

Ich spürte die Schwere seiner Worte, bevor er sie überhaupt ausgesprochen hatte. Mein Herz begann schneller zu schlagen, mein Blut rauschte und das Adrenalin, das durch mich hindurch fuhr, floss immer schneller und schneller. Ich wandte meinen Blick von den Sternen ab, um ihn anzusehen. Wir blieben stehen und näherten uns nicht weiter dem Strandkorbzauber. Seine Augen waren erfüllt von einer tiefen Sehnsucht. Und von Traurigkeit. Angst.

»Was ist es?«, flüsterte ich. Meine eigene Stimme klang fremd in meinen Ohren. Ich war gebrochen. Mein Herz zersplitterte. Ich wusste, es würde wieder so kommen, dass ich jemanden liebte und dass das, was ich zu bieten hatte, nicht genug war.

Seine Hand suchte meine, und als er sie ergriff, spürte ich die Wärme und Stärke seiner Berührung. Er verflocht unsere Finger miteinander und erst da merkte ich, wie kalt mir eigentlich war. Dass Eis durch meine Adern floss und alles erstarren ließ, was auch nur im Geringsten mit Leben zu tun hatte.

»Eva, es ist mir egal, dass du nicht aus Schottland kommst«, begann er und ich hatte nicht gewusst, dass es wichtig wäre, dass ich aus demselben Land stammte wie er. »Es ist mir egal, dass du gesellschaftlich unter mir stehst. Und es ist mir egal, was die Welt über uns denkt. Es ist mir egal, was meine Eltern über dich denken, oder irgendeine uralte festgelegte Tradition, an die sich niemand mehr außerhalb der Königsfamilie erinnern kann.«

»Was meinst du damit?« Ratlos blickte ich in das Braun seiner Iriden. Diese wundervollen, tiefen Augen, die mich beherrschten. Greg war mein letzter Gedanke vor dem Einschlafen. Und mein erster nach dem Aufwachen. Greg war … Tief atmete ich durch, als mir klar wurde, dass er schlicht und einfach ein Teil meines Lebens war.

»Wir in Schottland haben alte, völlig überholte

Traditionen. Eigentlich müsste die Frau, mit der ich eine Zukunft plane, Schottin sein. Und sie müsste zumindest ebenfalls einen Adelstitel haben. Ob er alt und überholt ist, ist egal.«

Ich schluckte schwer, meine Augen füllten sich mit Tränen, die ich nicht länger zurückhalten konnte. »Aber, Greg … das ist furchtbar.«

Der wundervolle Mann neben mir nickte. »Ich weiß. Das ist ätzend und das ist nicht das, was ich mir vorstelle.«

Er kickte einen Stein vor sich her, während wir langsam weitergingen. »Ich weiß nicht, was ich sagen soll. Ich will nichts weniger, als dich zu verlieren und ich will auch nicht, dass du weggehst.« Eine einzelne Träne lief über meine Wange. »Ich will genug für dich sein!«

Überrascht sah er mich an. »Eva, ich liebe dich. Ich liebe dich so sehr, dass es wehtut. Und ich habe Angst, dass ich dich verliere. Ich kann mir nicht vorstellen, auch nur einen Tag nicht mit dir zu verbringen. Weihnachtskitsch hin oder her. Und ja, du hast mich überzeugt, das alles hier.« Er machte eine ausladende Bewegung mit beiden Armen. »Du hast mir die Magie von Weihnachten wieder gegeben. Mir gezeigt, dass es anders sein kann … ich … ich will mich von dir durch das Frühjahr führen lassen, den Sommer mit dir erleben und dir im Herbst zeigen, warum das für mich die schönste Jahreszeit ist.« Wir passierten gerade die Buchhandlung *Erlesen* und gingen langsam weiter. »Ich will dir alles zeigen. Meine Lieblingsbücher und das, was Leben für mich ausmacht. Ich will dir in deinem Laden helfen, auch wenn ich – Gott steh mir bei – absolut kein Händchen für Deko oder Farben oder irgendwas habe. Aber–« Er fuhr sich durch sein Haar. »Das, was ich habe, das, was ich liebe, bist du und ich würde dich am liebsten an mich binden, ehe du merkst, dass ich nicht genug für dich bin, statt andersherum.« Greg nahm mein Gesicht in seine Hände. »Also ja! Ja! Du bist genug für mich. Und jeder, der dir vermittelt, du wärst nicht genug, ist ein verdammter Idiot.«

Die Worte hallten in der Stille der Nacht wider, und ich fühlte, wie die Wahrheit ihrer Bedeutung zu mir durchdrang. Gregory hatte seine Gefühle für mich offenbart, und es war, als würde er meine Ängste niederreißen, die zwischen uns gestanden hatten.

»Greg …«, flüsterte ich, meine Stimme gebrochen vor Emotionen. »O mein Gott, Greg.« Ich wusste nicht, wie ich in Worte fassen sollte, was ich ihm sagen wollte. »Ich liebe dich auch, mehr, als ich jemals für möglich gehalten hätte. Aber ich will nicht, dass du dein Leben opferst, deine Familie, deine Verantwortung …«

Er schüttelte den Kopf und zog mich sanft zu sich, bis unsere Lippen einander fanden und ich mich im absoluten Himmel wusste. Das war so besonders, einzigartig. Ihn zu berühren, ihn zu schmecken. Greg war vorsichtig. Sanft. Der Kuss war voller zarter Leidenschaft und Sehnsucht, ein Versprechen für eine Zukunft, die wir vielleicht nicht kannten, aber gemeinsam gestalten wollten. Er war perfekt.

Wir würden es schaffen. Irgendwie. Ich wusste plötzlich, dass wir es schaffen würden.

Meine Welt wuchs und mein Herz schlug schneller, als ich an die pulsierende Liebe zwischen uns dachte, die er gerade ausgesprochen hatte.

Als sich schließlich unsere Lippen lösten, blickte Gregory tief in meine Augen. »Eva, ich werde nicht nach Hause gehen. Ich werde meinen Eltern sagen, dass ich auf den Thron verzichte, dass ich mittellos werde. Aber ich werde bei dir bleiben, denn du bist das Einzige, was zählt.« Ich spüre seinen warmen Atem auf meiner Haut, nahm den intensiven Blick aus seinen Augen wahr. Ich lächelte, konnte es nicht glauben. »Wir sind das Einzige, das zählt!«, ergänzte er.

Ein Seufzer der Erleichterung war von mir zu hören, als ich ihn fest umarmte. In dieser einen magischen Nacht unter den Sternen hatten wir uns gefunden und unsere Liebe offenbart, und nichts würde uns jemals wieder trennen können. Tief inhalierte ich seinen Geruch. Er war mein Hafen. Meine

Heimat. Nicht Meeresruh, wie ich immer geglaubt hatte, nein. Er war es.

»Darf ich dich jetzt auf einen Liebesapfel und einen heißen Punsch einladen?«, fragte Greg und lächelte mich so unwiderstehlich mit seinen vollen Lippen an, dass ich auf der Stelle dahinschmelzen wollte.

»Du meinst, solange du noch Geld hast?«

Er nickte lachend und ich war froh, dass er meinen Witz verstanden hatte und ihn mit Humor nahm.

»Ich will dir noch sagen, dass es mir egal ist, ob du Geld besitzt oder nicht. Oder ob du ein Adeliger bist oder nicht. Mir ist nur wichtig, wie du bist. Nicht wer du bist. Ich brauche keine Statussymbole oder Schlösser. Oder irgendetwas. Ich brauche nur dich.«

»Das bedeutet aber«, sagte er, als er zeitgleich wie selbstverständlich nach meiner Hand griff und unsere Finger verschränkte, »dass ich dir nicht deinen Traum von der Schlossdeko erfüllen kann.«

»Das ist doch vollkommen egal. Der Traum, dass du bei mir bist, ist viel wichtiger, schöner und größer für mich.«

Er lächelte mich an und wir stellten uns vor ›unseren‹ Glühweinstand. Er orderte zweimal Eierpunsch, reichte mir einen Becher und wir liefen zusammen zur großen Tanne in der Mitte des Marktes. So viele

Menschen waren um uns herum, lachten, freuten sich und feierten miteinander.

Die Violinenklasse spielte wieder ein total schräges Musikstück und wir lachten gerade deshalb, als Charlotte zu uns trat.

»Hallo, ihr zwei …«, begrüßte sie uns. »Na, da sieht ja jemand glücklich aus«, sagte sie und zwinkerte uns zu. »Ich hab schon gehört.«

»Was denn?«

»Annchen war auch im Altenheim.«

»Ich verstehe«, antwortete ich lachend und erinnerte mich wieder daran, dass ich unbedingt mit ihr sprechen wollte, ob sie etwas mit dem Foto zu tun hatte.

»Und Rudolph«, warf sie ein.

»Das Schaf?«, fragte Greg und fuhr sich über die Nase. »Ihr wisst, dass das Schaf nicht sprechen kann?«

»Aber alles sieht«, ergänzte ich und wir lachten wieder.

»Schön, dass ihr euch gefunden habt.« Charlotte meinte es ehrlich. Sie umarmte mich und flüsterte in mein Ohr: »Er ist ein absoluter Glücksgriff.« Ich nickte lachend.

Anschließend drückte sie Gregory an sich und flüsterte ihm – weniger leise als mir – zu, dass sie ihn wohl umbringen und seine Asche auf der Insel verstreuen würde, wenn er mir das Herz brechen sollte.

Greg sah mich an, legte seine Finger an mein erhitztes Gesicht.

Er beugte sich zu mir und beim Sprechen berührten seine Lippen meine. »Niemals werde ich dir das Herz brechen. Ich bin eins mit dir. Und du mit mir. Noch nie habe ich jemanden so sehr geliebt wie dich. Ich würde alles für dich tun.«

Und als er langsam seine Lippen auf meine senkte, war ich kurz davor, dahinzuschmelzen.

Irgendwie hatte sich alles gefügt. Auch wenn es am Anfang nicht danach ausgesehen hatte. Irgendwie hat das Universum uns zusammengeführt.

Den Grinch und mich.

EPILOG

Es war der Weihnachtsmorgen und ich liebte das Gefühl, dass heute Heiligabend war. Alle Uhren gingen ein bisschen langsamer, intensiver, gefühlvoller.

Alles, was man anfing, hielt Magie bereit. So auch heute. Es war für mich unglaublich, was in den letzten vierundzwanzig Stunden alles passiert war, und ich freute mich, dass Greg neben mir lag. Er grinste mich an und sagte mir, dass er sich tatsächlich auf heute Abend freute. Ich konnte es kaum glauben. Neckend beugte ich mich zu ihm und ließ ihn wissen, dass er der Verlierer unserer Wette war.

Aber Greg nahm es sportlich, zuckte die Schultern und sagte: »Zweiter Gewinner!« Ich mochte es, dass er positiv eingestellt allem gegenüberstand, was uns erwartete. Selbst als ich ihm sagte, dass meine

Tante Agnes gegen frühen Abend hier auftauchte, war das vollkommen in Ordnung. Er trank seelenruhig seinen Kaffee und beobachtete mich dabei, wie ich Spiegeleier für uns zubereitete.

Mein Esstisch war in ein sanftes Licht getaucht, als Greg und ich gemeinsam am Frühstückstisch saßen. Draußen konnte man das leise Rauschen des Meeres hören, das uns daran erinnerte, wie unendlich weit das Leben war. Ein goldener Schimmer der Morgensonne durchflutete den Raum und tauchte alles in ein warmes Glühen. Es war der perfekte Tag. Der perfekte Augenblick. Mit dem perfekten Mann.

Du bist genug!, flüsterte es in mir, als ich ihn nachdenklich betrachtete. Wie selbstverständlich bewegte er sich zusammen im Einklang mit mir, als wäre er schon immer hier gewesen.

Greg saß mir gegenüber, die Augen von einem liebevollen Lächeln erfüllt, als sein Telefon zu klingeln begann.

»Meine Mutter.«

»Dann …« Ich wusste nicht, was ich sagen sollte. Natürlich war mir klar, dass wir das gemeinsam mit seiner Familie klären mussten, aber ich wollte nicht aus diesem warmen Kokon der Sicherheit rausgeholt werden und mich damit auseinandersetzen. Er hatte sein Handy auf den Tisch gelegt, nachdem er das Gespräch angenommen hatte. Auf dem Bildschirm konnte ich das Gesicht seiner überraschten Mutter sehen.

»O mein Gott, Gregory!«, sagte sie und ihre Stimme brach. »Ich … du hast abgenommen.« Nun schlug sie die Hände vor den Mund.

Ich warf ihm einen Blick zu, der ausdrückte: Hast du seit dem Drama, der Zeitung, nicht mit ihr gesprochen? Doch er ignorierte mich.

»Hallo, Mutter«, antwortete er, den Anruf über Facetime annehmend. »Schön, dass du dich meldest.« Die beiden plauderten kurz und ich war wirklich angespannt. Schließlich zog er mich an seine Seite und ich sah die perfekte Frau in ihrem Cashmere-Twinset mit der Perlenkette und der perfekten Frisur, wie sie mich anstarrte. Greg war das totale Gegenteil seiner Mom. Er war wild und ungestüm, trug die Haare wieder zerzaust und den Bart rau und nicht akkurat gestutzt. Er war in normale Kleidung gehüllt und nicht in etwas, das schrie: Ich bin wohlhabend. Ich bin ein Prinz.

Ich knetete meine Finger und spürte, wie meine Hände nass wurden. Ich wusste nicht, was ich sagen sollte, also sprach niemand.

»Sie ist noch hübscher als auf dem Foto.«

»Ich weiß«, murmelte er mit einem Lächeln und ich fühlte, wie ich rot wurde. »Und ich liebe sie.«

»Das dachte ich mir, mein Junge.« Zaghaft räusperte sie sich, so, als würde es wohl in einem Protokoll stehen, dass man das tun musste, ehe man sich vorstellte. »Ich bin Meredith. Gregorys Mutter.«

»Ich … Ihre Majestät«, sagte ich, weil ich absolut keine Ahnung hatte, wie ich reagieren sollte. Seine Mom lachte.

»Nenn mich einfach Meredith. Majestät sagt hier niemand zu mir.«

»Doch, Dad. Wenn er sauer ist.«

»Ja, früher. Heute sagt das niemand mehr.« Sie holte tief Luft. »Die Dinge haben sich verändert, Gregory.« Es war offensichtlich, dass er nervös war. Allerdings hörte er sich mit angespannten Schultern und Unsicherheit in seinen Augen die Geschichte seine Mutter an. Dass sich alles verändert hatte. Dass es ruhig wurde. Dass er fehlte und sie immer gewusst hatte, dass er weggegangen war, weil die Ansprüche zu hoch, der Druck zu heftig geworden war. Ich glaubte ihr und zeigte das Greg auch mit meinen Blicken, aber er verzog nur den Mund und legte die Stirn in Falten. Letztendlich fragte sie ihn, ob er glücklich sei. Sofort begannen seine Augen zu leuchten und ich erkannte in der Mimik seiner Mutter dasselbe.

»Ja, Mutter«, sagte er schließlich leise. »Ich bin glücklich und ich habe eine wichtige Entscheidung getroffen.«

Ich spürte, wie die Anspannung die Luft erneut füllte, aber verdrängte den Gedanken, dass etwas

Schreckliches an Heiligabend passieren würde. Er wartete erwartungsvoll darauf, was seine Mutter sagen würde. Greg hatte mir erzählt, wie traditionsgebunden seine Familie war und wie schwer es für ihn gewesen war, den Entschluss zu fassen, den Thron zu verlassen.

Das Schweigen hüllte sich um uns und letztendlich brach er das Schweigen, denn das noch weitere Hinauszögern war schlicht und einfach nicht mehr möglich. »Ich trete vom Thron zurück«, sagte er schließlich, seine Stimme fest. »Ich möchte bei Eva sein. Sie ist die Liebe meines Lebens, und ich kann mir keine Zukunft ohne sie vorstellen.«

Die Worte hallten in der Stille des Raumes wider, und ich spürte, wie mein Herz schneller schlug. Greg hatte sich für mich entschieden, und das bedeutete die Welt für mich. Ich konnte nicht erkennen, welche Gefühle in Merediths Blick lagen. Dann jedoch sprach sie, und ihre Stimme klang ruhig und gefasst.

»Gregory, mein Sohn, du wirst immer mein geliebtes Kind sein, und ich wünsche mir nur dein Glück. Wenn du bei dieser jungen Frau glücklich bist, dann ist das alles, was ich mir für dich erhoffen kann.«

»Mom«, begann er und fuhr sich mit der flachen Hand über das Gesicht.

»Dein Vater und ich haben auch Entscheidungen getroffen.«

Fragend zuckte er mit den Schultern. Mein Herz pochte laut in meiner Brust. »Zum Beispiel, dass viele der alten Dinge überholt sind und wir sie streichen sollten. Wie zum Beispiel, dass der Thronfolger zu Hause in Schottland leben muss.«

Jetzt traten ihm Tränen in die Augen. »Ich−«

Ich drückte Gregs Hand, um ihm meine Unterstützung zu zeigen.

»Du wirst immer ein Teil unserer Familie sein, egal, wo du dich befindest«, fuhr seine Mutter fort. »Und du wirst immer unser Erstgeborener sein. Aber die Blutlinie wird durch all unsere Kinder gesichert. Nicht ausschließlich durch dich. Wenn wir dir zu viel Druck gemacht haben …« Ihre Stimme versagte. »Dann tut es mir leid. So unendlich.« Nervös fuhr sie sich mit der Zunge über die Lippen und atmete tief durch. »Und wenn du je das Bedürfnis verspürst, nach Hause zu kommen und uns deine wundervolle Freundin Eva vorzustellen, wird die Tür für dich immer offen sein.«

Greg schluckte nun ebenfalls heftig, und ich konnte sehen, wie sehr diese Worte ihn berührten. Die Erleichterung und Freude über die Reaktion seiner Mutter waren ihm anzusehen. Es war eben das eine, zu sagen, dass man mit jemandem brach, und etwas anderes, es wirklich zu tun.

»Danke, Mutter«, sagte er schließlich, seine

Stimme erfüllt von Emotionen. »Das bedeutet mir alles.«

Seine Mutter lächelte sanft. »Du verdienst das Glück, mein Sohn. Geh deinen eigenen Weg und sei glücklich.« Nun wischte sie sich eine Träne aus dem Augenwinkel. »Und nur, damit du es weißt: Der schmierige Reporter, der das Bild von euch veröffentlicht hat, wird zur Rechenschaft gezogen.«

»Die Frage wäre eher, wo hat er es her?«

»Ach, wusstet ihr das nicht? Eine Dame Namens Annchen ist sehr aktiv in Social Media und sie hat ein Bild im Internet veröffentlicht, das euch beide zeigte. Es war übrigens betitelt mit ›Die Magie von Weihnachten und der Zauber der Liebe ohne Worte.‹ Der Reporter hat dich erkannt. Aber dein Vater hat auch hier schon Schritte eingeleitet, denn das verletzt das Urheberrecht von Annchen.«

Wir lachten los und ich schüttelte den Kopf. Ich wusste doch, dass es Annchen gewesen war. Völlig unbeabsichtigt. Ich wusste, dass Greg auf die sympathische ältere Dame niemals böse sein würde. Vor allem hatte das Foto, der kleine Skandal, ja auch etwas Gutes, nämlich dass er Frieden schloss mit seiner Familie.

Und dass er bei mir blieb.

Das Gespräch endete, und Greg legte sein Handy zur Seite. Er sah mich an, seine Augen leuchteten vor Freude und Erleichterung. »Eva, sie hat es verstanden. Sie will, dass ich glücklich bin. Mit dir. Und ich denke, das mit deinem Traum, ein Schloss zu dekorieren, ist umsetzbar. Nicht heute, nicht morgen, aber vielleicht in ein paar Monaten oder in einem Jahr.«

Ich lächelte und griff nach seiner Hand. »Gregory, ich bin so glücklich, dass du bei mir bleibst. Dass wir zusammen sind, dass wir uns haben. Dass wir … uns lieben.«

Er beugte sich vor und küsste mich zärtlich, und in diesem Moment wusste ich, dass wir gemeinsam alles überwinden konnten. Unser Herz war vereint, und nichts konnte uns jemals wieder trennen.

Nichts und niemand konnte uns die Magie nehmen, die unsere Seelen verband.

Ich liebte ihn.

Und er liebte mich.

Ich *war* genug.

Ende

Wenn du noch nicht genug hast und noch mehr Weihnachtsfeeling möchtest, findest du im Anschluss eine Leseprobe von Band 5 unserer Strandkorbzauber auf Rügen Reihe.

LESEPROBE
WINTERGLITZERN

Als Lina Karstensen vor Jahren nach New York aufbrach, hätte sie sich niemals träumen lassen, ihre alte Heimat einmal zu vermissen. Bis ein Anruf ihres Vaters alles verändert!

Ein großer Hotelkonzern möchte das kleine Familienhotel am Strand übernehmen. Garantiert, um ein Spa–Zentrum zu errichten oder einen seelenlosen Glaskasten an die Stelle von Karstensens Strandhotel zu setzen.

Kurzentschlossen reist Lina zurück nach Hause, um wenigstens noch einmal Weihnachten gemeinsam mit ihrem Vater beim alljährlichen Strandkorbzauber zu feiern. Doch der von sich selbst stark beeindruckte Inhaber der Hotelkette, Alexander Bonnert, hat nicht einmal Respekt vor dem Fest der Liebe und taucht bei den Karstensens auf, um zu verhandeln.

Aus Trotz überbringt Lina ihm die Nachricht, dass das Hotel niemals verkauft wird. Dabei hat sie Ihre Rechnung allerdings ohne Alexanders Hartnäckigkeit gemacht – und ohne ihr Herz. Denn es will so viel mehr als einfach nur wieder zurück nach New York …

Leseprobe

Vorwärtsgehen. Was konnte daran bitte so schwer sein? Wieso hatte anscheinend JEDER verlernt, sich einigermaßen zügig fortzubewegen? Diese Stadt raubte mir den letzten Nerv! Mal mehr, mal weniger. Heute vollkommen unbarmherzig.

Vorweihnachtszeit. Herzlich willkommen, Touristenscharen, die diese ohnehin schon überfüllte Stadt noch zusätzlich verstopften.

Ich hatte einen verdammt langen Arbeitstag im Cristall Inn, einem der angesagtesten Hotels in ganz New York, hinter mir. Ja, ich liebte meinen Job.

Meistens jedenfalls.

Es war ein Privileg, in dieser Stadt wohnen und arbeiten zu dürfen. Schon als kleines Kind hatte ich davon geträumt, irgendwann aus Meeresruh auszubrechen und die Welt zu erkunden. Hatte in einem wunderschönen Schloss oder einem unfassbar tollen Appartement, das sich über mehrere Etagen erstreckte und einen Pool hatte, leben wollen.

Tja …

Immerhin reichte es in New York für eine eigene Dusche. Es war noch lange nicht Standard, sich diese nicht teilen zu müssen. Dafür wohnte ich auf gerade einmal fünfunddreißig Quadratmetern, aber ich hatte verdammt noch mal ein eigenes Bad!

Nach einer gefühlten Ewigkeit warf ich endlich meine Tasche auf den Boden meines Appartements, streifte mir die Schuhe ab und ging geradewegs durch ins Schlafzimmer. Ich musste raus aus diesem BH! Wieso wir Frauen immer diese verdammte Zwangsjacke tragen mussten? Es nervte mich so sehr. Ja, okay, zugegebenermaßen nervte mich heute einfach alles.

Es wurde erst besser, als ich mit einem Becher

Eiscreme auf meinem kleinen Mini-Sofa vor dem Fernseher saß. Heute brauchte ich diese Ruhe einfach. Ruhe, die durch das Klingeln meines Handys jäh unterbrochen wurde.

Jeden Anruf hätte ich jetzt ignoriert, aber der Klingelton des Großstadtreviers sagte mir, dass mein Vater etwas von mir wollte – und ihn ignorierte ich niemals. Ganz egal, wie mein Tag auch war.

»Papa, hey, schön, dass du anrufst«, sagte ich aus tiefstem Herzen und musste das schlechte Gewissen zur Seite schieben, das ich sofort empfand. Ich meldete mich einfach viel zu selten bei ihm.

Damals hatte ich mich für ein halbes Jahr verabschiedet. Ein Praktikum in New York. Mittlerweile waren daraus drei Jahre geworden. Drei lange Jahre, in denen ich nicht ein einziges Mal zuhause gewesen war. Gerne hätte ich es auf die Arbeit geschoben, die mich viel zu sehr einspannte, aber das wäre gelogen. Immerhin hatte auch ich so etwas wie Urlaub, den ich aber bisher dazu genutzt hatte, herumzureisen und am Meer in den Hamptons zu liegen. Mein Leben hier war so anders als in Meeresruh.

Auch wenn ich meinen Vater natürlich vermisste. Aber irgendwann gewöhnte man sich anscheinend auch daran.

»Ich wollte nur nachfragen, ob du noch lebst«, sagte er, Belustigung in der Stimme. Gunnar Karstensen trug den Schelm im Nacken – und das immer.

Auch wenn er als verschlossener Mann galt, der nicht viel sprach, es lag doch stets ein Grinsen auf seinen Lippen, während seine hellwachen, blauen Augen alles beobachteten.

»Papa, ich … es tut mir so leid.«

»Ach was, du hast viel um die Ohren. Das weiß ich doch.« Immer signalisierte er mir Verständnis. Vermutlich fiel es mir dadurch auch leichter, mich so selten zu melden.

»Wie ist das Wetter in Meeresruh? Läuft der Strandkorbzauber bereits?« Ich bezog mich auf den alljährlichen Weihnachtsmarkt in Meeresruh.

Strandkorbzauber.

Gott, was war ich früher gern dort gewesen. Das ganze Jahr hatte ich darauf hingefiebert. Als Kind vornehmlich, weil ich mir an »Karstensens Glühweinkorb« ein bisschen Taschengeld dazuverdienen konnte. Als Jugendliche, weil dann endlich mal was los war in Meeresruh. Nicht nur all die Touristenveranstaltungen, die man rund um Rügen das ganze Jahr über finden konnte.

Es waren schöne Erinnerungen, die ich mit diesem Spektakel verband. Sanfte Weihnachtsklänge, glitzernde Lichter … es war alles so viel ruhiger als in New York. So viel gemütlicher.

»Aber natürlich. Der Glühweinkorb steht an Ort und Stelle.«

»Sind denn auch genug Touristen da?« Ich

wusste, dass mein Vater sich Sorgen um das kleine Hotel machte, das man heutzutage vermutlich eher als Pension bezeichnen würde. Die Besucherzahlen ließen nach, weil es alle bevorzugten, in die großen Hotelketten zu gehen oder sich über Internetplattformen irgendwelche überteuerten Ferienwohnungen zu mieten. Außerdem hielt mein Vater nichts von Social Media oder Werbung. Er mochte seine Stammgäste, nur waren die mittlerweile auch schon in die Jahre gekommen und würden das Hotel nicht mehr ewig am Laufen halten. Dass mein Vater überleben konnte, war seinem extrem genügsamen Lebensstil zu verdanken.

»Im Ort sind sehr viele Touristen. Bei uns sind wieder die Müllers und die Peterkes. Ich soll dir liebe Grüße ins ferne Amerika ausrichten.«

Die Müllers und die Peterkes waren Stammgäste, die ich schon seit meiner Kindheit kannte. Sie blieben immer für eine Woche während des Strandkorbzaubers. Über die Feiertage blieb das Hotel jedoch geschlossen. Eine alte Regel meiner Mutter, die wenigstens einmal im Jahr nur mit meinem Vater und mir hatte allein sein wollen. Mittlerweile war sie seit zwanzig Jahren tot. Unfassbar, wie die Zeit verging.

»Wie schön. Grüß sie ebenfalls lieb. Haben sie ihren Hund dabei?«

»Milly? Aber natürlich. Der kleine Dackel wird jedes Jahr frecher. Lina, warum ich anrufe ...« Mir entging der plötzlich so besorgte Klang in der Stimme meines Vaters nicht. »Ich habe ein Angebot für das Hotel bekommen.«

»Oh, wirklich? So wie jedes Jahr?« Seitdem Meeresruh immer interessanter für das Tourismusgeschäft geworden war, kamen dutzende Anfragen. Große Immobilienhaie, die das Hotel plattwalzen wollten, um einen modernen Wohnkomplex für die Reichen und Schönen zu bauen. Oder Hoteliers, die planten, unser kleines Hotel gegen die fünfzigste Zweigstelle einer großen Kette einzutauschen. Es war nichts Neues für mich, dass mein Vater diese Angebote erhielt. Doch bis jetzt hatte er mich noch niemals deshalb angerufen.

»Es ist ein sehr engagierter Mann, der das Hotel um jeden Preis haben möchte.«

»Bedroht er dich etwa, Papa?«

»Nein! Herrgott, nein, Lina. Was denkst du denn? Wir sind hier immer noch in Meeresruh.«

Als ob es dort niemals irgendwelche Verbrechen gab – aber genau das dachte mein Vater wahrscheinlich wirklich. Er hielt es auch für vollkommen bescheuert, die Eingangstür abzuschließen.

»Ja, Papa – aber es hörte sich gerade so kryptisch an, und normalerweise erzählst du mir nie von diesen ›Fatzken‹, wie du sie immer so schön nennst.«

»Ich werde nicht jünger.«

Mir gefiel das alles ganz und gar nicht.

»Papa, ist da irgendwas, das ich wissen müsste?«

»Ach Kleines, ich wollte dir nur sagen, dass ich dieses Mal wohl nicht leichtfertig

absagen werde.«

»Und was wird dann aus dem Hotel? Bauen sie es um oder reißen sie es bis auf die Grundmauern nieder, um einen von diesen hässlichen Glaskästen dahinzusetzen?«

»Darauf wird es wohl hinauslaufen.«

Kopfschüttelnd erhob ich mich von der Couch und ging zu meinem kleinen Wohnzimmerfenster. Nicht, dass das viel gebracht hätte, denn von dort aus konnte ich nur auf die Wand des direkt gegenüberliegenden Hauses blicken. Tageslicht war in dieser Wohnung ein Luxusgut.

Ich hasste es.

»Papa, was hältst du davon, wenn ich nach Hause komme?«

»Lina, über so etwas macht man keine Scherze!«

»Ich weiß – das tue ich auch nicht. Es ist viel zu lange her und das tut mir leid.«

»Die Tür steht immer offen für dich.«

»Ja, sie steht auch so immer offen, weil du dich weigerst, sie abzuschließen!«, konterte ich und griff unser altes, leidiges Thema wieder auf. Mein Vater lachte. Ein leises Lachen, so wie ich es von ihm kannte. Er war keine laute Person, niemand, der mit oder wegen irgendetwas gern im Mittelpunkt stand.

Ein stiller, zufriedener Beobachter und ein herzensguter Kerl. »Ich habe noch Urlaub. Mal sehen, vielleicht bekomme ich ja kurzfristig einen Flug und dann mache ich mich auf den Weg ins schöne Meeresruh.«

»Ja, vielleicht. Mach dir keinen Stress, Liebes. Ich wollte dich nur informieren.« Mit diesen Worten beendeten wir das Gespräch. Doch in meinem Kopf war es noch lange nicht vorbei. Mein Vater wollte das Hotel verkaufen. Sein Haus, sein Ein und Alles, das er in mühevoller Kleinarbeit mit meiner Mutter errichtet hatte. Und dann noch an einen Hai, der daraus Kernschrott machte, um etwas Prachtvolles zu errichten. Ohne Herz und ohne Seele. Nein, das sah ihm nicht ähnlich. Nicht einmal ansatzweise!

In der Nacht bekam ich wenig Schlaf, da ich einfach nicht zur Ruhe fand. Im Endeffekt eine gute Sache, denn all die Gedanken, die ich mir sonst am Morgen nach dem Aufstehen gemacht hätte, waren so schon abgearbeitet. Ich würde auf jeden Fall Urlaub nehmen und nach Hause fliegen, wenn meine Chefin es mir ermöglichte.

Und das tat er. Zwar hätte ich mich am liebsten übergeben bei dem Preis, den die Airline für das kurzfristig gebuchte Ticket aufrief, aber wen interessierte das schon? Es war Vorweihnachtszeit. Alle Leute wollten in diese Stadt – oder raus. Und ich war mittendrin. Mit einem Haufen Touris auf dem Weg nach Deutschland. Nur, dass ich keine Touristin war. Zumindest nicht in New York … und irgendwie auch nicht in Meeresruh. Schließlich war ich dort geboren und aufgewachsen und mein Elternhaus stand dort.

Noch.

Ich würde diesem Immobilienhai schon zeigen, wo der Hammer ging. Vorausgesetzt, mein Vater wollte das überhaupt.

Noch nicht genug? Dann geht es hier entlang zum Buch:

… Winterglitzern

COMING SOON VON EMILY KEY

Dr. Scott Mitchell wurde sitzengelassen. Vor dem Altar. Die Gäste, die Presse und gefühlt die ganze Welt haben dabei zugesehen, als seine Verlobte, die amtierende Senatorin von New York, nicht aufgetaucht ist. Ein harter Schlag für das Ego des über die Landesgrenzen bekannten Arztes. Da kommt das

Stellenangebot eines Krankenhauses in Meadow Hights nur gelegen. Dort gibt es hoffentlich niemanden, der ihn auf den Tiefschlag anspricht und weiter Salz in die Wunde streut.

Emma Hunter, die Bürgermeisterin der Kleinstadt Meadow Hights hat den Männern abgeschworen und will ab jetzt nur noch eins: Spaß und das ohne Verpflichtungen. Besonders als sie den unfassbar gut aussehenden und charismatischen neuen Arzt aus New York trifft. Emma will ihn, weiß aber auch, dass sie beide ein dunkles Geheimnis verbindet, von dem Scott nicht einmal im Entferntesten etwas ahnt.

Anziehung, die zu Leidenschaft wird.

Verlangen, dem du nicht mehr widerstehen kannst.

Und ein Hurrikane, der alles zerstört, sobald er seine Kraft entfesselt.

Meadow Hights – Small Town Desire. Voller Verlangen. Voller Leidenschaft. Voller Liebe.

Dieser »Forced Proximity«-Liebesroman enthält sinnliche Szenen und ein Happy End. Wie alle Bände der »New York Gentlemen«-Reihe kann er unabhängig von den anderen gelesen werden.

ÜBER DEN AUTOR

Lea Hansen ist das Pseudonym für Cozy Romane von Bildbestseller und #1 Kindle Bestsellerautorin Emily Key, die mit ihrer Familie im wunderschönen Bayern lebt. Lea schreibt seit 2015 sehr erfolgreich Romane mit verschiedenen Tropes.

Dieses neue Pseudonym steht für romantische, Herzschmerzgeschichten die in einem Happy End münden und dir für ein paar wundervolle Lesestunden die Seele wärmen.

Weil Bücher Wärmflaschen für's Herz sind.

BÜCHER

.

.

.

.

.

.

.

.

.

.

.

.

.

.

.

Bücher von Lea Hansen / Emily Key

Lea Hansen:

Liebesleuchten - Strandkorbzauber auf Rügen

Emily Key

Just because I need you

Malibu Heat Hingabe (Malibu Summer Feelings 5)

Malibu Heat - Verlangen (Malibu Summer Feelings 4)

Malibu Heat - Sehnsucht (Malibu Summer Feelings 3)

Melissa & Scott (Malibu Summer Feelings 2)

Hannah & Adam (Malibu Summer Feelings 1)

Malibus Gentlemen: Sammelband

Penthouse Affair

New York Nights - True Passion Meadow Hights - Small Town Love

Mine - Smaragd Desire (Mine Family Reihe 1)

Mine - Onyx Passion (Mine Family Reihe 2)

Mine - Ruby Love (Mine Family Reihe 3)

Mine - Sapphire Obsession (Mine Family Reihe 4)

Two glorious Mornings (New York Lovestorys Band 1)

Velvet Nights (New York Lovestorys Band 2)

Underground Princess Band I (New York Lovestorys Band 3)

Underground Princess Band II (New York Lovestorys Band 4)

Gentleman's Secret (New York Lovestorys Band 5)

Owen Black − Black Family

Canadian Winter

Canadian Summer

Whiskey on the Rocks

Bourbon on Ice

Scotch and Soda

It's always been you

Three Damn Nights: Für drei Nächte mein

Bodyguard - Jackson's Story

Black Tie Affair

Chocolate - Ms Hapers Verlangen

Alle Romane können unabhängig voneinander gelesen werden.

Weitere Ideen und Storys befinden sich in Planung.

Wenn du keine Neuerscheinung verpassen willst, melde dich zu meinem Newsletter an.

Newsletter & Bonus-Epilog sichern.

Ich freue mich, wenn du mir auf meinen Kanälen folgst, meine Bücher liest und sie bewertest. Damit unterstützt du deine Autorin und kannst dich noch auf viele weitere wundervolle Geschichten freuen.

Zeitfracht Medien GmbH
Ferdinand-Jühlke-Straße 7
99095 Erfurt, Deutschland
produktsicherheit@kolibri360.de